AQUARIUS

AQUARIUS

AQUARIUS

每個人心中都有一座島嶼，

藉文字呼息而靜謐，

Island，我們心靈的岸。

天河撩亂

吳繼文

我欲凝視事物，但一無所見：天河撩亂……

I want to look at things, but always see through them : galaxy's in ecstasies……

目錄

溯河迴流

Eternal return

1

從昨晚璀璨的星空看來，今天的天氣理應晴朗無雲，但早晚刮著強風，沙塵將天空染成褐黃色，並且像一面古老的旗幟一樣籠罩了整座小城，一如以往任何一個多風的日子。

但這一天對我們來說卻是非比尋常，因為我們在庫爾勒無來由地被拘禁了將近一個月，直到今天才重獲自由。「大馬」馬仲英兵敗，帶著殘部西遁，這個小城暫時由貝科提葉夫（Bektieieff）將軍統率的漢、蒙、白俄、赤俄混合部隊——所謂北軍——接管。

貝科提葉夫告訴我們，軍務督辦盛世才叫我們向東移入羅布淖爾附近的沙漠地帶，等兩個月之後再前往迪化，因為那邊一路上還有「大馬」的人以及盜匪的騷擾，很不安全。

我們可以肯定盛世才不曾聽說過羅布淖爾，更不曾想到他這個決定在我們一行，尤其是我，是何等及時而受歡迎。我已經多少次希望看一看那些在兩千年前盛極一時，卻被這個世界完全地遺忘的區域，也就是一九二一年那「漂泊的湖」重歸了舊湖床，同時塔里木

2

姑姑病重住院的消息傳回家裡那天，時澄正在普陀山觀音菩薩道場巡禮，並於梵音洞轟轟海潮聲中想到來果禪師當年曾欲捨身此洞故事，若有感觸，回到寧波旅館打電話給故鄉獨居的母親報平安，就聽說姑姑的事，當下決定從上海直接飛東京去看她。

由於時間已晚，搭火車不成，聽說有夜航的船班，天亮到上海，總算被他趕上。一九九五年，初春的暗夜。船走得很安靜，乘客大多睡了；時澄到甲板上晃蕩，風吹過來還有些冷，兩、三個乘客，也許是水手，躲在背風處抽菸。星光下隱約可見大大小小的島影，或遠或近，陪著船走一段，然後消失不見。

時澄靠在欄杆上，尋找一些熟悉的星座，又看看海；海上除了偶爾翻起的小小白色浪花，以及發出淡淡螢光游弋的魚群外，其實看不見什麼，倒是海藻特有的氣息，夾雜在香菸和機油味中，不斷刺激著他的嗅覺；多半時候，他只是閉著眼睛。時澄突然想到姑姑曾經說過，人不應該遠離海洋，因為人類的始祖是從海裡面爬上來的。

海風在夜半增強，船身有些搖晃，時澄在艙中和衣躺下，沒想到睜開雙眼已經是清晨五點。他信步走到上甲板，許多人起得比他更早，看起來他們好像不太習慣船旅，一覺醒來突然忘了身在何處，定定站在船舷邊上，茫然看著起霧的大海；或許只是因為冷教他們僵著。

水色一片黃濁，時澄想該已經來到長江口附近，正想著卻注意到左舷方面灰灰的薄霧間隙露出了陸地的輪廓。旁邊聽到有人猜測說現在船正沿著長江口外的海岸前進。右舷那邊一無所見，上海還有多遠呢？時澄在甲板上四處踱步，岸上漸漸出現村落、工廠、人跡。

當船終於左轉駛入一個豎著燈台的寬闊河口，兩岸已經都是泊滿船隻、架了起重機的碼頭，時澄又聽到有人說：「開進長江了！」才發現有些不對勁，趕快回船艙中把地圖找出來。這裡作為長江入海處未免太窄，而且不應有港埠。原來剛才的海，其實是最後入海段的長江江面，如今已在黃浦江、長江交會的吳淞口港區。

從吳淞口直到上海市區，根本就是一個綿延數十公里的港埠，有國內外船隻挨挨蹭蹭、堆滿貨櫃的商用碼頭，也有桅杆上垂掛著破舊大帆的木殼船匯集的漁船碼頭，還有巡洋艦、砲艦、潛艇整齊靠泊的軍港。當外灘那排著名的殖民地時代建築的輪廓映入眼簾時，上海早已展開她又一個忙碌的日子了。貨輪的汽笛聲此起彼落，滿載通勤者的渡輪在四周穿梭。

在築地國立癌症中心姑姑的病房窗外，應當也是人車擁擠的時刻吧，時澄想。過去為了做一些調查訪問，他曾經去過那裡幾次。兩個同樣是千萬人口的城市，同樣被強大、堅決、纏綿、閃閃發光的慾望和夢想撐大的超級都會，在垃圾桶、公廁、下水道、運河、感潮的港埠水面上漂浮著同樣的惡臭。人健康的時候，為生活奔波於這種由垃圾、排泄物、廢水、餿水、動物死屍所發出的惡臭之間，怎能不生病？等生病了住院，又要被化學藥品和醫院伙食的異味包圍；這還不包括重症患者所要呼吸的，急診室和加護病房特有的摻和了血跡、嘔吐物、恐懼的淚水、門口收屍人體味的空氣。敏感的人還會嗅聞到正在四處閒蕩的死神帶著冷涼黯影的腐敗氣息。

國立癌症中心夾在魚河岸中央市場和首都高速道路都心環狀線之間，隅田川在不遠處納入東京灣。時澄肯定姑姑這個時候也會有同樣的觀感，而且正為早餐的事頭痛。他們兩人都一樣，在生病、清晨以及被迫要吃東西這三種情況下，都沒辦法激起任何食慾，而且看到食物會非常不舒服，此刻姑姑的處境正是三項條件具足。

時澄突然感到一陣反胃，在甲板上吐了些酸水；旁邊有人小聲說道：「暈船了。」

時澄直接到機場候補機位，比預計順利，大概還不是觀光旺季吧，十一點半就搭上了日航班機。乘客裡面生意人模樣的日本人特別多，但大多集中在吸菸區，時澄坐的禁菸區到處是空位，他的旁邊就空著。

起飛後望東直飛，一下就到了海上。雲層很薄，海面上處處船影，飛了許久水色仍然黃濁，好像東海只是長江所流注的湖泊，教人錯覺這片海水根本是淡的。

時澄向空服員要了兩大杯溫開水，同時從隨身提包中拿出一大袋藥來，像獺祭般將裡面的藥丸依照顏色、形狀在活動小檯子上擺成一排，約莫有二十多顆，然後慢慢一顆顆和水吞下。附近一對母女睜大了眼睛看他的表演。

最後的旅程，終於也到了尾聲。這些日子裡，雖然人並未瘦下來，時澄明顯感到體力急遽衰退。三十多歲的人，身高將近六呎，體格有型有款，卻背個小背包走一小段路就要面色慘白，全身被冷汗濕透，旁人看了都會驚訝得有些不知所措。

但教他徹底沮喪的是視力的惡化。視神經不斷受到侵蝕壓迫，每隔一段時間——間隔已經從出發前的每三、四十分鐘縮短為如今每兩、三分鐘一次——臉部會突然電氣短路般一陣麻木，然後眼前的一切景物全部失焦，像個近視一千兩百度卻沒戴眼鏡的人，所有東西都失去遠近畛域，胡亂堆疊；如果想用力看仔細點，從全身各部位都會發出令人無法忍受的劇痛。嚴重的時候，世界根本一片昏黑，幾乎什麼也看不到，只能勉強出現幻燈片般一跳一跳不連續的畫面。最糟糕的是，這種時刻還會產生幻視，讓他完全搞不清楚到底看到的哪一個畫面才是真實。

那個年輕的主治大夫總是靦腆地紅著臉跟他講話，好像剛認識不久的朋友，每一字一句都要仔細琢磨好證明出自肺腑，他謹慎地咬著字發音清楚地說：「如果你問我，我會說最好你一個人不要出遠門，對——」這個「對」字拉得老長，「因為隨時隨地都可能有狀況，而你要去的又不是醫院設備很好的地方。不過我也知道勸阻不了你，你這樣做的理由我完全可以理解，如果我是你，對——也很可能做類似的選擇。好吧，那我就開一拖拉庫的藥讓你帶去。」時澄對他笑笑，大夫的臉更紅了，像個孩子，突然端坐正色說道：「我也不要說什麼早日痊癒這樣的假話了，對——換作是我也不要聽這樣的話，我只希望你旅途一切順利，而且沒有太多生理上的痛苦。幻視出現的時候不要驚慌，多多運用聽覺，對——耳朵是不會騙你的。」他那認真的樣子好像模仿了大人而顯得滑稽雖然他本來就是一個大人。醫院裡四處流淌馬勒和薩提的音樂，只偶爾穿插德布西，沉鬱覆壓著輕盈。

那是個由好幾個年輕的醫界好手合組的綜合病院，規模不大，設備卻是數一數二的又新又好。醫院的裝潢顯得潔淨、明亮而溫暖，可是時澄現在每次想到這家醫院，或許是受到音樂的影響，浮現的影像總是舊大學病院那樣的，門、柱帶著濃厚古典氛圍的線條，光線有些灰暗、家具老舊的一個地方。難道如今連記憶也開始失焦不成。時澄把臉貼在窗上，身形凝結，胸中一片惘然。

忍著病痛到普陀山，也算是最後的心願，完全不為的自己，自己已經做了**遠行**的準備，而是母親和姑姑，他就是放心不下。時澄只想靜靜地走掉，但他知道這兩個人承受不起。沒想到要先走人的是姑姑。這些年她不時為一些難以根治的病痛所苦，但時澄總以為這是人的年紀到了，身體慢慢報廢的過程正常的現象。電話中母親將所知道的病情全告訴了他，那種驚慌、傷痛的語氣害他以為姑姑已經在彌留狀態；但實情也離此不遠了。

姑姑和二伯父是一對雙胞胎，可是命運卻讓時澄和姑姑成為知心的侶伴，而且同時趨近人生的終點。他並不哀憐自己，他難以忍受的是想到姑姑一生所有的殘酷與孤獨。

人丁本來就不怎麼旺盛的這個家族，偏偏就出了三個長期行方不明的人；姑姑是其中之一。對時澄兄妹這一輩的人而言，稍微懂事之後，他們都知道有這樣三個人的存在：一個是久居北國的姑姑，一個是大戰末期成為緬甸雨林不歸之人的大伯父，還有一個是被關在離島監獄、和姑姑孿生的二伯父。儘管如此，他們的存在稀薄如空氣，大人並不鼓勵家人談一切有關他們的話題，或許是顧慮年老的祖母脆弱的心境。

時澄尤其不了解的是姑姑，不但從小沒見過她本人，而且在照相簿中她也都恰巧不在場。只有祖母偶爾和她的兒子或媳婦鬧彆扭，心情不佳，就會故意念念有詞說：「我還有一個成蹊，讓我去找她！」才提醒了大家姑姑的存在，但也更加凸顯了她的遙遠和不實在；成蹊是姑姑的名字，與她孿生的二伯父叫成淵。

3

四月二日的早上，風仍舊吹個不停，氣溫陡降。

我們向尉犁縣的漢人「按辦」說明需要十二艘獨木船，他就叫來一位維族青年，這人對我們說，經過一場動亂，尉犁這時實在一艘船也沒有，但在七十里外的沖庫勒（意即「大湖」）地方一定有，只要給他一晝夜的工夫，船就可以到尉犁，連船伕都給找齊。他又建議用木桿將兩艘或三艘獨木船併在一起，上面安一塊甲板來置放行李。這件事需用的木材，也可以在說定的時間之內備齊。

向鄉村購買的米、麵、水果、核桃、蛋等食糧一部分先用亨利・福特贈送的卡車運載到稍下游的地方；羊是不必預先買好的，因為牧羊人正要把羊群沿河趕到德門堡，那就是新河，即庫穆河從孔雀河舊河床分開之處。

我們在日落前沿著孔雀河左岸走了一段，這河離尉犁的聚落不遠；我們要找一個適合泊船的地方，並由此開始我們前往新湖的長距離航程。

4

時澄出生在一個多山的縣份，海，以及，理所當然的，船，對時澄而言一直是非常沒有存在感的事物，或許與他首先是通過童話故事和冒險電影認識的有關。時澄喜歡有海的風景。

第一次接觸海的時候他已經在小學低年級就讀，父親帶著他和弟弟去鹿港外婆家，一時興起，三個人徒步向海岸走去。當他們看到路旁開始有成堆的牡蠣殼，鼻腔中充滿異樣的腥味時，知道離海已經不遠。他們又走過晒鹽場，興奮地品嘗海水的滋味，「真的是鹹的耶！」而那就是他們的海了。那天他們抵達海防部隊崗哨的時刻，正值大退潮，眼前是無邊無際的泥淖，所謂海，只在遙遠的、幾乎與地平線接合的地方閃著詭譎的銀光，更無船影。

後來有機會從高雄港渡海到旗津，在基隆港搭船遊仙洞，以至近距離和來自七洋的巨大船舶擦肩而過，甚至從台南市區搭運河的渡船前往安平古堡，都成為時澄童年美好記憶的一部分。他沒想到，有一天船旅會與他的命運緊密連結，而且，一點也說不上浪漫。

時澄記得十五歲那年夏末，也是在一艘遊船上，同學阿寬突然問時澄，這一生最早的記憶是什麼。

那時，近晚的潮風從海上吹來，把溽暑的氣悶吹得老遠。他們從淺草吾妻橋下的隅田川渡船口出發，準備到東京灣邊上的濱離宮恩賜公園看夏日最後一場煙火。據說壓軸的煙火開花直徑有三百公尺。被阿寬突如其來一問，時澄的腦子頓時一片空白；那時渡船正穿過廄橋下方，前面不遠處可以看見藏前國技館的黑色屋頂。時澄抬頭看著以複雜的工法交叉支撐成幾何排列的鋼樑，覺得有些暈眩。

他輕輕闔上雙眼，試著集中精神回想，腦子裡都是上小學前後的情景，但他總覺得還有什麼特別的，三、四歲甚至更早的記憶，藏在近處某個暗黑的角落閃爍，呼之欲出。

「你呢？」時澄使出緩兵之計。

「就是第一次喝汽水嘛，」阿寬說：「整個人好像被電到一樣，嚇得大哭。因為想喝汽水，突然想到。」

「什麼時候？」

「不知道，好像是別人惡作劇，把杯子拿到我的嘴邊哄我喝說是果汁，應該還很小吧。你呢？」

海那邊的天空正慢慢轉呈淺紫色。

「我等一下請你喝可樂。」時澄說，但他就是沒辦法回答阿寬的問題。

天黑之後，兩人和許多遊人一樣，並躺在公園的草地上，全身放鬆仰觀空中的火焰之舞，並忘情地發出讚嘆之聲。就在一朵怒放的巨大火花隱滅、空中的舞台一片漆黑的時刻，時澄突然脫口而出：「我想起來了！」旁邊的阿寬被嚇了一跳，趕忙坐起來，看著時澄，好一會兒才問道：「什麼想起來了？」

時澄仍定定的望著天上，嘴角帶著笑意說道：「最早最早的記憶啊，我記起來了，是失眠！」

那時弟弟智澄尚未出生，他還是家中唯一的小孩，所以不到三歲。那麼小就會失眠，他自己也覺得不可思議。每隔一段時間，毫無預警地開始連續失眠幾天，然後又突然恢復正常。

時澄記得他總是在遙遠而陌生的暗黑帝國中，被身體深處一種節奏性的悸動喚醒。那時心跳強烈拍擊著上半身，呼吸很不舒服，但眼睛一時還睜不開，只感到一陣莫名的焦躁，夾雜些許恐懼。接著是一段不知道短暫或是久長的藍灰色地帶（多年後他到帛琉一個海中垂直洞穴潛水，跟隨嚮導潛降到一百五十呎深處，突然水肺出了狀況，氧氣迅速逸失，急忙準備要重新浮升，但又不能太快，也許是緊張，水壓教他感到一陣陣幾乎無法承受的氣悶和昏沉；他無意識地抬起頭，看到比想像還要遙遠的上方有如謎團一般的深藍，以及勉強穿透的曖曖天光，不知為什麼教他聯想到小時失眠開始時那段奇異的艱難過程）；當他終於用力睜開雙眼的同時，胸腔中「噗、噗」跳動的節奏逐漸遠去，呼吸似乎也恢復了正常。他貪婪地嗅著臥室中種種熟悉的味道，一種由被單和蚊帳的棉紗、榻榻米的藺草、床架和櫥櫃的木板經過黑暗攪拌、靜寂過濾，在下半夜沉澱出來的特殊氣息。他轉過頭去，父親和母親就睡在他的近邊，一如往常；他的溫暖好像來自他們的身體，安全感來自他們均勻的呼吸。

他靜靜躺著，庭院中的樹葉在夜風中發出沙沙沙的聲音，窗格子輕輕震響。然後他開始聽見風中隱約傳來一些低聲絮語，有時像是獨白，有時又像同時有兩、三人在對話。偶爾他可以清楚聽見他們在說什麼，雖然天亮後總是忘得一乾二淨。

有月光的晚上，時澄看到說話的人就站在臥室的窗外不遠，毛玻璃上映著他們瘦削的身影、被夜風吹亂的衣服和頭髮。他們時而講一些好笑的事，時而談論教他們感到驚奇、悲傷或是無聊的事。他們的話語在朦朧的夜色中留下幽長而深沉的回聲，也留給他整個世界的憂鬱和神祕。

不知道與失眠有沒有關係，時澄從小體弱，但並不多病；除了因為天性害羞而交不到朋友外，童年的時澄對自己的生活感到非常滿意，曾經，他自認生長在一個奇蹟之家。

在時澄出生的那個台灣離海最遠的中部小鎮上，他父親開的「旭」牙科診所算是風景之一，因為一直到時澄大學畢業，他們家都還是鎮上的最高建築物，而成排的大王椰子、百年樹齡的茄冬，以及其他綠意盎然的果樹像蓮霧、芒果、龍眼、白柚等等，把建築物襯托得更有觀賞價值。

父親的不苟言笑、富有責任感，搭配母親的饒舌與勤奮，使得家裡的生活步調充滿秩序卻又不至太刻板，氣氛也維持得溫暖中帶著明朗，不管發生什麼事，兩人從來不會陷入愁雲慘霧。每一個人都感受得到他們對這個家的珍視和對孩子的愛，在時澄記憶中，所謂童年是由許多熱鬧的家庭聚會、婚禮、生日宴、電影、旅行串聯而成，並且有許多讚美、祝福、禮物、歌聲和笑聲穿插其間。

雖然父親的工作基本上保證了他們的衣食無憂，但很多事並不是金錢可以決定的。當鄉里居民的日常被貧窮或與貧窮無關的理由所困，生活裡面洶湧著病痛、酗酒、賭博、離異的惡夢波濤，當小鎮的夜晚籠罩在犯罪、死亡與流言的陰影之中，他們的家依然讓人感到安穩；儘管家族成員從未到齊，時澄卻沒有殘缺或斷裂的感覺，就像一群人手拉手圍成一個圈圈，即使有人走開，剩下的人仍繼續維持圓圈的完整。

奇蹟之家，被神祕的護膜濾網緊密地搭罩著。

時澄稍大以後，對爸媽之間隱藏的扞格才有進一步的認識。這樁婚姻表面上是先讓兩人認識、交往，然後經過兩人同意才確定的，但兩個當事人都明白雙方家長的真意，他們沒有別的選擇：父親是怕麻煩的人，順著大家的意思是最容易的路；母親出身鹿港望族，但學歷不高，而且已經二十八歲，遠遠超過了當時講究體面的人所認定的大家閨秀適婚年齡，三姑六婆的閒言閒語越來越多。結婚馬上消除了家族內外各種雜音，但他們內心的雜音開始響起。

母親的家人都是虔誠的天主教徒，而父親卻是無神論者，因此他們潛意識總是懷疑對方的精神素質。父親非常在意家族的整體形象，從家人的穿著、家具的搭配到診所招牌的字體，他都堅持一定的品味，這也讓凡事注重實際的母親看穿了他愛做表面文章、在乎別人觀感的虛偽。父親堅持有教養的家庭，每個成員都應該培養優雅的嗜好，對文學、哲學、藝術以及窮苦大眾保持適度的關心，他鼓勵小孩學習西洋樂器，並定期舉辦家庭音樂會；母親則認為在聖堂的肅穆氣氛中祈禱、望彌撒，讓積滿塵垢的身心得淨化勝過一切美德，讓幾個小孩生硬地彈奏一些老走調的樂章，一群大人還要放下忙不完的雜務，煞有介事般凝神傾聽，簡直是精神折磨。每次音樂會大家看她總是忙進忙出為每個人端茶、沖咖啡、送點心，都覺得過意不去，一直要她也坐下來休息聽演奏，她就賢慧地笑笑立刻又快步往廚房走去。

對於小孩的教養方式，兩個人的理念更是南轅北轍。也許是害怕這個家族在時澄父親這一輩曾經有兩個嬰兒夭折的往事再現，時澄的母親以非常神經質的方式照顧小孩，天氣太冷不准出門，太熱不准出門，下雨也不准出門，但一年到底有幾天是不冷不熱又不下雨的日子？在家裡玩耍怕他們受傷，吃東西怕他們把衣服弄髒，總之一整天從起床到就寢都是她的聲音，「不要」、「不許」、「不可以」是她的常用字。父親則主張小孩不應該過度保護，生點小病、受些小傷只會讓小孩更健康；至於遊戲把身子弄得髒兮兮、屋子攪得亂七八糟是很正常的，怎能如此在意？相對於母親的「不」字訣，父親常說「沒關係」，所以每天單單為了孩子，兩個人免不了會有好幾次互相說起大聲話。他們唯一共通點是，既不用歇斯底里的聲音責罵小孩，也絕對不施體罰。

儘管夫妻之間存在緊繃的關係，但面對外人，包括前來求診的病人時，他們總是很有默契地端出最溫和有禮的一面，有時候甚至教時澄覺得比對家人還好。他們充滿耐心，體貼別人的困難，關懷別人的傷痛，出錢出力從不後人，對發生在別人身上的美好事物總是由衷的喜悅，也很少看見他們在背後道人長短。不管內心如何，就他們長期表

哀號，蜘蛛結出錯亂的網，壁虎全部墜地；然而他的怒氣來得快去得也快，在大家都還驚魂未定時，或者你正玉石俱焚地想道，好吧，就這樣下去一直到世界末日、地獄湧現吧，他很可能已經滿面春風，輕聲細語地變成世界上最溫柔的濫好人。

後來時澄慢慢了解到，父親其實相當害羞，他會為自己的溫柔感到說不出的害羞，時澄有時甚至認為，父親的暴怒也是他溫柔的一種方式，或者他只是要用大聲詈罵來掩飾他的羞澀。做父親的羞於溫柔，而兒子則是羞於面對他的溫柔，也許是這樣，時澄懂事後，漸漸也就不再正視父親的眼睛，他們講話時彷彿默契似的總是彼此站成九十度直角，望向各自的前方，然後像是腦中缺氧的人一般有氣無力地吐出發音偏平的字句。只有一起出門，尤其是旅行的時候，父子之間才暫時解除僵局；另一個例外就是洗澡，時澄兄弟從小和父親一起入浴，幫父親擦背，浴室中的父親不會端著一張撲克臉，他會唱歌，也會說故事，雖然也就是那幾首歌，故事也經常重複。

時澄和母親倒沒有那樣不自然的尷尬距離，母親是一個凡事樂觀、信心滿滿的人，有時仔細想想，家裡一天到晚聽到的無非母親的聲音，她和人聊天總是笑聲不斷，生活周遭的事事物物在她看來都是可愛、可喜、可笑；她也喜歡發號施令、發牢騷、發表感想，或是喃喃自語。有母親的場合，其他人好像硬生生被剝奪了話語權，只能附和著她表示意見。時澄出生的時候，家族已經將近十年沒有添加新成員，每個人都將他當寶一樣護他疼他，母親雖然因為時澄是自己生的而有些保留，但一講到這個孩子還是會神采飛揚。在第二個孩子出生之前，時澄是她生活的重心，與時澄因而特別顯得親，整天不是拖他背他，就是無時無刻地盯著他，對他說個不停，教時澄逃無可逃，成為他小時唯一的不幸。

母親那種高熱度親情烘烤和音聲轟炸的避難所，就是睡在祖母身邊。弟弟出生後，時澄一直和祖父、母睡在一起，以後就成為祖母的跟屁蟲，陪祖母趕廟會、串門子、看戲，或是輪流到她幾個出嫁的女兒家中長住。祖母小時被綁過小腳，但沒完全綁成，算是半個天足，走起路來非常俐落，又不喜歡悶在家中，帶著時澄讓她出門更加有理。跟著祖母，時澄永遠有人寵，還有吃不完的零嘴。有一陣子，五姑丈一家搬到山區想從事香菇栽培，祖母和時澄一老一少趕老遠的路去看他們，坐鐵索流籠橫渡湍急的陳有蘭溪支流，兩個人不但不怕，還吵著要人家辛苦拉索的讓他們再坐一趟。

時澄和祖父就沒那麼親，並非祖父不夠慈祥，他脾氣好到可以說沒有脾氣，但比父親更加寡言，常常一個人在客廳中抽菸枯坐終日，或在庭院的太陽下一張報紙讀一整天，對家中的事或是對這個世界他一概沒意見，不會取悅小孩，小孩也很少找他，一副萬事休矣的樣子，只有在吃母親為他準備的甜點時還透著點生氣。

大伯父的遺腹子秋林是時澄最好的玩伴，同時也是保護者。秋林在童騃時期同時失去了雙親，但那是另一個故事了。他從小住在時澄家中，年紀較時澄大了將近十歲，聰明而開朗，很會照顧別人。他對鎮上大街之間曲折的巷弄摸得一清二楚，也認得出鎮上每一個人家的後門，不管要帶時澄去哪裡，他們總是可以抄最安全的近路前往，包括在一些時澄根本不熟的人家裡長驅直入，不怕遇到兇惡的狗和找碴狠角色，而且通常一路可以吃著人家種在後院的水果，四季不絕，時澄記得這中間包括罕見的石榴。那是一個普遍貧窮但基本上充滿寬容和善意的時代。時澄還沒進小學，秋林已經考上台中一中，只有假日才回來，而且帶給時澄許多都會的見聞，包括滿街跑的度假美軍、化著濃妝煙視媚行的吧女、綜合大樓的百貨商場和神奇的電扶梯等等。

時澄直到十歲才與姑姑第一次見面，簡直相見恨晚，兩個年紀差了一大截的人好像天生就會讀心術，默契絕佳，總是知道對方在想什麼，因此講起話來言簡意賅，有如舞曲MTV的拼湊跳接風格，旁聽者滿頭霧水，他們卻心領神會、暢快無比，而且兩個人相互信任，他們分享許多祕密；一如陽光、空氣和水，他們有好長一段時間仰賴彼此的話語維生，並得到安慰，面對面也好，通通電話也行，如果有時因為客觀因素不允許，比方姑姑在一些連電都沒有遑論電話的地方旅行，或是時澄在保密措施嚴密的外島服役，他們才會不得已給對方寫信——通常是明信片，短短的、艱難的幾個字，因為他們都覺得患了失語症。

家族中除了父親，最教時澄覺得難以適應的人就是二伯父成淵。時澄在祖母葬禮上第一次見到他，舉止粗魯、態度蠻橫，大家都對他敬而遠之；守靈夜他喝得爛醉，在親友面前胡言亂語，對長輩無禮，和時澄還起了口角，天剛破曉，告別式還沒舉行，就被父親轟走了。二伯父不常到家裡走動，時澄與他很少碰面，每次想到這個人就覺得有些厭惡，所以偶爾見面的場合，兩人之間也培養了另一種默契——完全無視對方的存在。時澄那時和姑姑有著深厚的感情，他搞不懂為什麼雙胞胎會相差那麼多。

很小的時候時澄不知道聽誰說過，人的兩隻腳掌上，如果第二隻腳趾明顯突出，長於腳拇趾，那麼這個人與家、與故里無緣，一生都將在異鄉度過。時澄當時一聽就信以為真，印象非常深刻，忙不迭低下頭去看看自己的腳，發覺並不像人家說的那樣，因而鬆了一口氣，以後一看到人赤著腳或露出腳趾，直覺地就會偷瞄一眼，要是第二趾比拇指長，立刻興起一股憐憫之情。儘管那個時候時澄還很小，但對於離家遠適異地、背棄故鄉或為故鄉所背棄，已經充滿了恐懼。

然而腳趾頭長短排列的說法，就像廉價的承諾一樣，並未能帶給時澄真正的保障，雖然後來時澄知道他並不需要這樣的保障。遠早於預期，他踏上了離鄉的旅路。

時澄十歲生日前後，也是四月上旬，在一種說不出的詭異氣氛中，作為父親的長男，時澄毫無選擇地成為父親倉皇離鄉遠行的唯一伴侶。他們辭鄉那天下著四月裡罕見的大雨，「旭」診所照常燈火輝煌營業到下午七點，然後父親才拿了簡單的行李和時澄連夜北上。

他們經人安排。在基隆悄悄搭上一艘巨大的黑色船舶，在北駛的國際航道上，與瀰漫在空氣中由海水、燃油和半熟香蕉熏蒸混合而成的怪味道一起晃搖了將近一個禮拜，才踏上對父親熟悉於時澄則完全陌生的國度寒涼的黃昏。起岸不久，時澄開始嘔吐，優雅而堅忍地在碼頭作業小屋旁一棵此生首見的滿開的櫻花樹下嘔吐。

就像過去父母總是盡力不讓外頭的風雨侵襲到孩子，這一次他們仍然一樣，摒擋一切，保持沉默，教時澄感受不到什麼特別的壓力。何況時澄對大人有絕對的信心，他對父親的安排完全沒有抵抗，因為他相信大人一定有大人的理由，而小孩不需要知道。他樂於為父母做任何事，像是對幸福的一種報答。

儘管首次離家，而且是到一個遙遠的所在，但他似乎沒有什麼恐懼，也不覺得孤獨。第一次，他成為海上風景的一部分。

時澄從小就被家族厚厚一層溫暖光暈所包圍，而他和姑姑相識於第一次遠離光暈的特別時刻。那個像空氣般稀薄、神祕到接近虛構的人物，披掛一身刺眼的衣裳，化著非常妖冶的妝，出現在他們旅館的大廳。

父親明顯地露出一臉的不自在，姑姑也沒多理他，轉過身來，向時澄伸出了友誼的雙手。

「來跟我住吧，你爸爸連洗澡水都沒自己放過，他一定會把你活活餓死的。啊，你已經夠瘦了。」她那個「啊」發音很誇張，邊「啊」還邊用右手拍打自己的心。時澄尷尬地笑笑，臉立刻紅了起來。

他們在接待大廳的沙發上坐下，兩個大人各自點了支菸，用日語悄聲談話；姑姑為時澄叫了一客水果聖代，教他第一次品嘗到碩大而新鮮的草莓入口即溶的美妙滋味。兩個大人談了不少話，但臉上都沒有坐在水果聖代前面的時澄飛揚的神采，只不斷抽菸、嘆氣。話說完了，對安置時澄的事似乎也達成了協議，即起身互相道別。

時澄暫時停學，一方面固然是語言適應問題，主要還是因為他們尚未找到固定的居所，戶籍無法確立，父親不希望他老換學校。父親自己借住到位於巢鴨的同學家，時澄則和姑姑一起住在港區的芝浦。看得出來，父親並不情願讓他住姑姑那邊，但姑姑是彼處他們唯一的親人，如果在急需幫助的時刻父親故意避開不去找她，將會造成姑姑的難堪，父親自己因時澄所不明白的原因無論如何不願住姑姑家，於是為了表面上的家族情感，時澄像人質一樣，在姑姑身邊被草草安頓下來。

姑姑這個人，對時澄而言，過去是神祕，如今則令他感到新鮮而有趣。他的第一印象是，姑姑一點也不像他們家族的人。

姑姑一點也不在乎別人的觀感，而且整個人有一種說不出的慵懶。時澄從小就被教導要坐有坐相、站有站相，姑姑卻沒有一刻不是歪歪斜斜、東貼西靠的。人怪怪的房子也邪門，客廳除了設有吧檯，竟然還擺了一架自動點唱機和一台吃角子老虎；另外，不管客廳的沙發、臥室的床組，都是一大堆紫色、粉紅色，每個房間座燈、掛燈、吊燈、蠟燭琳瑯滿目，牆上裱掛了許多電影海報、明星特寫，有些人衣服穿得好少，教時澄只敢偷瞄。整體印象，時澄只想到兩個字：低級。

她住的地區更奇怪，港區在東京屬於中心地帶，可是芝浦根本是個倉庫區，堆棧著來自國內外的各色貨物，還有屠宰場、水產加工場、污水處理場，以及渾濁發臭的運河水道。

姑姑是這些奇怪的總和，講話怪聲怪調，表情誇張，常常自己說著說著就大聲笑個不停，笑到彎腰抱著肚子喊疼，然後擦擦眼淚，繼續笑；不想說話不想笑的時候，可以一整天眼神呆滯像個行屍走肉，悶到鮮花枯萎、星群失速墜海。她每天總是過了中午才起床，到傍晚化濃妝準時出門，直到深夜帶著渾身酒氣回家。除此之外，她還有一個怪名字：成蹊。若干年後，時澄在雜誌上看到一篇讚頌一個教育家的文章，題目叫「桃李不言，下自成蹊」，才知道這兩個字不是祖父母向壁虛構的。

姑姑說住芝浦離上班的地方遠，但房子便宜，而且一開窗就可以嗅到海洋的氣息。就是在這裡，姑姑以肯定但帶著神祕的語氣對他說，人不應該遠離海洋，因為人類的始祖是從海裡面爬上來的。

5

日本時間下午三點左右，飛機在大雨中降落成田機場，由於同時抵達的航班似乎很多，入境處旅客大排長龍，入出境管理局的工作人員動作很慢不說，表情還撲克得很，好像對外國人充滿了敵視、不耐煩，比北京或上海的更教人不敢恭維。如此一番折騰下來，等領到托運行李，坐上京成電鐵，已經快要五點。經過檢疫櫃檯，他有點心虛地不敢正眼看對方，直到現在都還留存著驚悸之感。

又回來了，這個教他不知道要愛還是要恨的地方。窗外的景致一變，與上海呈現完全異樣的風情。上海不管建築也好、道路也好，都有一種未完成的感覺，線條基本上是不規則而鬆散的，顏色是不飽和的，近似台北，而此地連路標、廣告招牌、行道樹都處理得嚴整而乾淨俐落，使得人無所遁形，必須守法，必須努力工作，必須謙卑，並且為做到這一切而驕傲。

時澄將大行李寄放在上野車站，買了一束鳶尾花，匆匆坐上計程車。下雨天，又是下班時間，真怕一路塞車塞到醫院，花都要枯敗了。

時澄走在築地這家大醫院的走廊上，各種化學藥品的異味撲鼻而來。過去他最怕聞到這種味道，如今史上最陰狠的病毒正在他的血液中肆虐，他要吃的藥比吃的飯還多，對醫院的味道少了些厭惡感，有時吸著吸著甚至覺得挺舒服，好像即使連藥味都可以在他瀕臨報銷的身體中產生療效。

走到姑姑病房門前，時澄稍有遲疑，他不確定姑姑現在的樣子，還有脾氣，是否如常。當他放輕腳步走進姑姑病房的時候，姑姑正在床上熟睡。病床旁邊擺了一張椅子，上面放了一件黑色風衣；床頭櫥櫃上有一只圓形直筒水晶花瓶，插滿了百合。

床單下姑姑的身形，看起來比記憶中縮小許多，上一次在一起時她豐腴的樣子如今蕩然無存；兩個人之前最後一次見面是一年半以前，姑姑去歐洲旅行，知道他在新加坡出差，回程特意過境新加坡，兩人在樟宜機場聚了三個鐘頭。姑姑在咖啡座講述旅途中幾次浪漫的邂逅，表情、語氣都夠誇張，好像一個對愛情充滿了憧憬、對別人任何曖昧的眼神都會心跳加速的少女。一年半不見，模樣變得好憔悴，好像中間歷經了數十年的時光與滄桑。

時澄悄聲坐在椅子上，凝視床頭小螢光燈下姑姑安詳的臉龐。

突然有人在背上拍了一下，把陷入沉思中的時澄嚇了一跳。時澄回過頭，一張臉衝著他直笑。時澄也笑了起來，小聲地叫道：「悌娜！」

悌娜是姑姑店裡的同事，時澄好幾年前就認識的，來自宜蘭南澳的泰雅人，她很年輕、很聰明也很體貼，估計也是店裡人緣最好的一個；姑姑很喜歡她，她也當姑姑是自己的媽媽。

悌娜壓低聲音問道：「剛到啊？辛苦了。」

時澄連忙說：「哪裡，您才辛苦呢。」

悌娜又問：「吃過晚飯了嗎？我剛剛趁媽媽睡了，趕快去餐廳吃個飯。」

時澄說：「現在不太餓，謝謝。情況怎麼樣？」

悌娜拉著他說：「到外面說吧，她好不容易才睡著，不要吵醒她。」兩個人於是一起到走廊上找個椅子坐下。

悌娜低聲說道：「情況不妙，你要先聽好消息還是壞消息？」

「壞消息是什麼？」

「醫生說只能活到十月左右。」

「好消息呢？」

「今年是閏八月，嘻。」

「你可真幽默。」時澄拿手肘碰了碰她，又問：「她都知道嗎？」

「知道，不過媽媽真的很勇敢，不是說再痛也不叫出聲那種勇敢，她叫得可大聲吶，我是說她完全能面對現實，好像對死亡完全不恐懼，也不忌諱，整天拿自己身體開玩笑，把來探病的人還有護士都逗得樂不可支。她又是人來瘋的個性，人家來看她，她就亢奮得不得了，好像人家是來參加她的派對，也不適時休息一下，真是傷腦筋。」

「她沒偷喝酒吧？」

悌娜裝個鬼臉說：「怎麼沒有？要不她吃藥怎麼吞得下去？不過喝得很少就是了。喝一點也比較好入睡。」停了一下，又說道：「她本來不想讓你們家人知道的，你也清楚她的個性；後來還是決定打聲招呼，我想她是單單對你狠不下心。」

時澄聽了眼睛一酸，連忙別過頭去。

兩個人又談了一些時候，時澄就讓悌娜回去休息了。悌娜走後，時澄一個人在病房中陪姑姑度過漫漫長夜。姑姑一直沒有醒轉過來，似乎睡得很香甜。

外頭的雨勢加大了些，或許是風的關係，雨點時而打在窗玻璃上，發出唰唰的聲響；也不時聽到救護車還是警車的鳴叫聲，由遠而近，然後再一次遠去。

6

自葉爾羌以下直到塔里木河終點，河上通用的運輸工具就是獨木船，它是把一根白楊樹幹用斧頭鑿成的。中型的船長約十三英尺，寬窄只容一個人坐在艙底，腿可以舒展，手可以放在船緣上，但不能轉身。船底和白楊樹幹一樣是圓的，所以要讓船在水上保持平衡是極微妙的事情。這船的天性是動不動就把載的東西都翻下水去，但那些船伕使船都極為穩妥而熟練，正像北歐人使木筏一樣。船伕在船尾，或站或跪，用一個寬幅的槳巧妙地催船前進。

我們要在船上工作約兩個月之久。我要測繪一幅庫穆河新河道的詳圖，陳宗器要計算流量、水深、流速、河寬等，郝默爾的工作是收集動植物，特別是鳥類，並且要製成標本。

我坐在兩艘併合的獨木船上，用一個空箱子當作寫字桌，在桌上工作時，我就坐在甲板前部，兩腿分別放在兩艘船裡，並把睡袋捲起來做我的靠背。

我們總共雇了十四艘獨木船，構成了一支壯觀的艦隊，就要去征服這條直赴羅布淖爾的河流，而其耗費大約不過三鎊。

7

初次住進姑姑家的時澄，一點也不像遠離家門的十歲小孩，或許是對過去被過度保護所產生的反動，也可能潛意識裡告訴自己要長大，他竟能和姑姑各過各的日子，自己照顧自己，而且感到一種前所未有的輕鬆自在；姑姑在冰箱和櫥櫃裡擺了不少食物，要填飽肚子非常容易，何況時澄並不挑嘴。很快他就會幫姑姑整理房間、倒垃圾、購買日用品、繳電話費、寄信，這都是從前大人很少讓他做的事，何況是在言語不通的半盲半聾半啞狀態。他做得還不錯，其實這些事做起來也不怎麼難。

陌生的感覺確實教他感到舒適。時澄喜歡置身陌生的場所，在陌生人之間我行我素，沒有人管他，他自己決定做什麼或不做什麼，去哪裡以及什麼時候回家，不像在家裡一天到晚被人盯著，雖然他知道大人是好意；他也喜歡完全不一樣的溫度、空氣和風景，喜歡聽不懂的話，那些奇妙的尾音、吐息和有趣的表情。

他在大部分時間裡成為屋子的主宰，想吃什麼就吃什麼，想趴在哪裡看書、躺在哪裡聽音樂，都沒人管；他重新擺設家具，偷調雞尾酒喝，學吸菸，看成人雜誌，有幾次還偷穿姑姑的內衣褲，用眉筆、粉餅在臉上亂描亂畫。他大聲唱歌，誇張地學電視播報員的發音，對著大穿衣鏡演獨腳戲。他恣意地想像，並大膽地將想像化為現實，而且他知道，即使他所做的事被姑姑知道了，姑姑也不會說他怪，罵他不正常。相對於過去在家裡神經質地唯恐失去別人的肯定和疼愛，現在他終於有一種腳踏實地的感覺。

儘管如此，在姑姑家暫住期間，也許這一切畢竟對一個小孩還是翻天覆地的異變，也許只是作息紊亂，一如幼年，時澄失眠得很厲害。

一開始，他只是睜開眼睛躺在床上，後來會起床在屋裡到處走動；不到兩個星期，他已經成為海岸大街一帶的夜遊神了。他在巨大高聳的倉庫與廠房之間漫步，與來來往往的大貨車、冷藏車、運豬車、垃圾車擦肩而過，看載著燃煤、穀物和化學原料的貨船在運河中緩緩前進，穿過一個又一個橋洞。

一個小孩獨自走在深夜的街道上，如果是在其他地區，一定會被巡邏警員帶去派出所加以「保護」，家長甚至會吃上官司，但芝浦不會，只有貨車司機、船伕偶爾投過來驚奇的一瞥，大部分是冷漠的，因疲憊或生之倦怠惹起的冷漠似乎才是芝浦的風格。

對一個在街上以遊蕩為樂的人而言，最享受的無非星期天和國定假日，平日絡繹不絕的貨車在芝浦的道路上幾乎絕跡，僅有的幾家商店都閉門休息無一例外。到了晚上，只見稀稀落落的路燈，四竄的野貓野狗與野火，像是鬼城；也可以聽見自遠方傳來的隱約潮音，間中時而夾雜著馬達、汽笛和起重機的悶響。時澄也喜歡下雨的日子，聽負重的車輪狠狠軋過積水路面轟然有如千隻水鳥同時鳴叫、百萬蜉蝣一起羽化飛升；被激起的水氣在車燈、街燈和路面反光中冷冷燃燒。

有一天凌晨四點多，時澄正要結束一夜漫遊，走在回家的路上，一輛疾馳而過的計程車突然倒車停在他的身邊。透過敞開的後車窗，時澄看到姑姑無表情的臉，她似乎只是要確認一下，看了兩眼馬上又示意司機開車；姑姑的腿上歪躺著一個似睡似醒的男人。那時時澄在芝浦已經住了一個多月。

當高緯地帶的梅雨季節來臨時，時澄不知道怎麼搞的，心情有些沮喪；空氣中濕度很重，好像舉手隨便揮幾下，掌心就會沾濕。正好姑姑說她要休息幾天，順便陪陪他。或許是對於放任一個小孩深夜在路上遊蕩感到過意不去吧。

她一邊喝著新釀的梅酒，一邊喃喃說了些聽不太清楚的開場白。她講話很少這麼正式。然後時澄聽到她說：「你不要害我坐牢哦，要是你半夜出什麼狀況，我會被告虐待兒童，哎，這種罪名比殺人放火還難聽哪。」

「不會啦。」

「還有，」姑姑說：「不要以為我不知道，你穿我內衣褲沒關係，可別穿出門去被人看到了，我可不想跟你一起上雜誌封面，標題是『人妖學園』或是『妖姬不倫』什麼的。」

「什麼是『不倫』？」

「什麼跟什麼，我說的你到底聽清楚了沒有？」

時澄看看沒上妝的姑姑，臉色白得像剛孵化的蟲蛹，對她笑笑，也啜了一口加了很多冰塊的梅酒。

「想家嗎？」姑姑又問。

「還好啦。」

「這樣，我們約定，如果你有什麼問題，不高興、不舒服，一定要讓我知道好嗎？」

「告訴你你就會讓我舒服嗎？」

姑姑嘴裡正好有一口酒，差點嗆到，突然伸手掐著他的耳朵說：「你這話非常不倫喔。」

接著她說：「為了表揚你在這段時間裡面不但沒有給我添麻煩，還幫我做了那麼多事，走，我們出去逛逛，好好吃一頓飯。」

時澄記憶中，這似乎是姑姑第一次帶他出去玩。

姑姑帶著他向南沿著高濱運河走下去，毛毛雨輕輕飄落河面，覓食的海鳥群隨著潮流飄浮，發出興奮的叫聲，有的則在低空盤旋。兩個人一路走到品川車站去搭山手線電車前往新宿。

他們趕在下班的人潮之前到達，先去新宿三越旁邊的法國餐廳，吃了巧克力蛋糕和南瓜布丁；要不是馬上就到晚餐時間，時澄真想把每一種甜點都嘗遍。看看菜單上以羅馬字打印的各式料理名稱，不算華麗但講究的歐陸式裝潢，聽軟趴趴的香頌，而當第一口南瓜布丁濃郁而獨特的氣味同時襲上鼻咽和味蕾，時澄突然覺得離家已遠。

他們繼續逛向歌舞伎町，由於兩個人都不怎麼有食慾，決定放棄吃大餐的計畫，只到生鮮市場二樓喝碗味噌鮮魚湯，然後去看了場法國電影。片子很長，因為是兩部一起放，加上時澄既聽不懂對白，也看不懂字幕，因而覺得更長了。時澄記得第一部片子男女主角都不太年輕，男的是個流浪漢，總是戴頂寬邊帽在街邊徘徊，一家咖啡館的女主人懷疑他就是失蹤多年的丈夫，和他講了許多往事，但流浪漢完全不記得那些事；姑姑津津有味地看著，每一次主題歌響起的時候，她就開始擦眼淚、抽菸。第二部的演員就年輕多了，劇情好像很複雜，一個男人殺了人卻被困在電梯裡面一整晚，而片中的女主角為了找他，那個晚上一直**在路上走個不停**，做的事情和時澄差不多，教他覺得很興奮；電影的結尾好像是悲劇收場。

走出戲院，雨仍然無聲無息地下著。他們在每一個路口都停下來，佇立張望一陣才遲疑地踏出下一步，好像有點確定又不太確定該走向哪裡。

那天晚上，時澄窩在姑姑的臂彎裡躺著，臥室的窗戶大開，屋子裡充滿了溫暖潮濕的空氣。兩個人有一搭沒一搭地說著話，畢竟那時兩個人的世界距離太遠了，遠得只能遙遙相望，遠得好像可以在另一個極端碰見。

不幸有很多種
但不幸不會對彼此有太多憐惜

——東尼・十二月《無傷感伴奏》

8

我們所駛過的灰綠色河水是從一些遙遠的地區來的。從河裡取一杯水就可以解我們的渴，但是這些水卻不曾說出它們是在什麼地方從雲端落到地上，再流經小溪和支流，最後匯集到塔里木河來的。

喀什噶爾河、葉爾羌河、托什干河的水，是帕米爾、喀喇崑崙山以及西藏西部的永恆雪原和晶碧冰川所流注的。崑崙山有水供給喀喇喀什河及玉隴喀什河，這兩條河匯流而成和闐河，和闐河在夏季可以越過塔克拉瑪干沙漠流入塔里木河。天山和汗騰格里山也有許多河川流經阿克蘇河注入塔里木河。此外，在我們的小船下面汩汩迴旋的河水中，還有一大部分是來自天山上的開都河源頭——我們三月初在焉耆曾渡過開都河。

說來真是不可思議，這裡的區區一滴水，都可以說是亞洲大陸最深處，也就是世界上最高峻、最荒涼的那些山脈所孕育的全部川流的水摻雜而成的。當我想到那廣大無垠的高

9

住在姑姑家的時候，有些日子姑姑回來已經累壞了，或是不勝酒力，在客廳沙發或地板上倒頭便睡，時澄醒來後，就幫她拿個枕頭、蓋條毯子，然後坐在一旁靜靜看著。姑姑的臉泛著紅色彩暈，頭髮散亂，吐息粗重。他注意到姑姑除了眼睛周圍，雙頰、頸部以及雙手也都布滿細細的皺紋。他感到非常心疼，好像這個人是他的姊姊或妹妹，而且需要他的照顧與保護。

他總共在姑姑家住了兩個多月才被父親接走。父親接受昔日同學的建議，重返東京醫科齒科大進修，於是在湯島覓了一間房子，並讓他進了湯島小學五年級。時澄搬到這裡以後，失眠的症狀稍見緩和，但由於白天必須上學，放了學還要上家教加強日語，身體比剛來到異國時更形衰弱。父親要帶他看醫生，他跟父親說身體並沒有不舒服，但父親似乎一點也不相信一個面黃肌瘦的小孩講的話，帶著罪惡感陪他去做了幾次病理化驗，但也檢查不出個所以然；他甚至含蓄地抱怨並深深懷疑時澄在姑姑那邊住的時候受到了怎的打擊或傷害。時澄了解，在父親眼中，姑姑是個不正常的人。

第二年秋天，時澄在語言方面已無大礙，功課也大致跟得上前段同學，他父親經指導教授介紹，開始在北品川綜合醫院上班，他們搬到田園調布一間對兩個人來說非常寬敞的房子，前後院都有草坪和花園，加上幾棵老松、銀杏、白木蓮、吉野櫻、蘋果和酸棗。田園調布，一如它的名字，是一個綠樹葱籠的靜謐社區，他們父子都很滿意那裡的居住環境，一切似乎都逐漸上了軌道，時澄的失眠症偶爾仍會發作，但不礙事。

住所固定後，故鄉的親人定時給他寫信，主要是母親和秋林寄來的。時澄每收到一封信，都會認真閱讀、盡快回信；這是時澄第一次學習用文字和他人溝通。母親還是一樣饒舌，每封信都厚厚一疊，把家裡發生的事、小鎮的話題、她的獨家小道消息一五一十地寫下來，但感覺上有一大半篇幅是在縱談她的人生觀，剖析人跟禽獸最大的差別在哪裡等等，而且每一次都大量重複。秋林堂兄的信就有意思多了，他剛考上台北的大學，總是詳盡地描述學校中發生的趣事，以及他誇張的、常常前後說辭不一的戀情；就讀小學二年級的智澄認得的字不多，他的來信通常是和祖母、母親共同製作的成果。大家並不太問時澄他的學業，卻都關心他的健康。

大家都說時澄從小就是一個多病的孩子，其實他自己並不記得那些病痛，但不斷被灌輸這種印象的結果，對自己的身體竟失去了信心，久而久之，就變成一副弱不禁風的樣子，因而在家中還享有特權待遇——吃的、穿的都和祖父母同一等級。

儘管時澄的父親主張不應過度保護小孩，生病也不一定非要吃藥，但他對時澄還是難掩憂色；母親更是用一種異樣細心的態度呵護著他。他們的憂心和細心都有些複雜的緣由，其中之一是，一個醫生把小孩養成這等模樣，別人不說，自己想想真是沒面子；另外，也不乏罪惡感的成分，這裡面還有一個故事，是祖母告訴他的。

時澄的母親結束對他的哺乳後，為了他的健康，那時衛生所開辦提供新鮮牛奶的服務，他們馬上成為第一批訂戶；每天早上八點多鐘，時澄被放在面對庭院的前廊，坐在連著一片桌面的小椅子上，脖子上掛一條白色圍兜，等待衛生所的年輕工友騎車送來仍然溫熱的一小玻璃瓶香香甜甜的牛奶，就這樣持續了好長一段時間，直到有一天衛生所的主任和護士一起被抓去關了起來。他們被人告發，每天提供的只是奶粉而不是鮮奶也就罷了，竟然還使用違禁的糖精調味。時澄的父母第一次深切體會到「愛之適足以害之」的傷痛。

對時澄而言，愛，也總是伴隨著具體的傷痛。

小學二、三年級的事了，時澄背著家人，和堂兄秋林帶著弟弟智澄跟鄰居的小孩一起到郊外玩水。那是一條來自中央山脈、從小鎮南郊蜿蜒西去的河流，流速並不快，河床寬廣，有些地方還形成大片沙灘，很多勤奮的人在河灘上開闢了園子，種些季節性的蔬果，像西瓜、番茄、玉米等；沒開墾過的地方則叢生著蘆葦和其他雜草。鎮上的小孩習慣到河灘上消磨整個夏天，釣魚、游泳、烤蕃薯、捉迷藏，每天玩得髒兮兮回家，只有時澄兄弟被家人嚴禁前往。為了不被發現，時澄他們就有本事乾乾淨淨出門，到回家時也是一塵不染的樣子，好像只是到圖書館看了一天書。膚色雖然免不了會逐漸加深，意外地速度卻很慢，就好像任何人在猛暑出個門都會晒得泛紅的感覺，等到快要變黑的時候，夏天已經到了尾聲。

秋林年紀大，玩得比較野，時澄帶著弟弟一般是在沙灘上玩，偶爾到水淺處沾沾水就已經覺得很刺激了。有一天天氣又悶又熱，玩伴都下水去玩得很樂，那天秋林有事先走，時澄和弟弟一開始有些遲疑，後來決定也脫光衣服下水。溪水清澈見底，慢慢拂過腰腿之間；看著自己的腳踩在沙粒和小石塊上，陣陣涼意與快意襲上心頭。他們捧起溪底的沙粒，撿取小螺和蛤蜊，覺得比岸上的遊戲好玩，時澄有時還敢到較深的地方將頭沒入水中，練習漂浮。玩著玩著猛一回頭，智澄不見了。

那種整個人的內裡「嘶」的一聲頃刻被吸盡、心跳停止、意識空白、全身冰冷的感覺，時澄至今記憶猶新，因為它成為時澄最常重複的噩夢之一，每隔一段時間就從腦波的歧路中冒出來嚇他一下。如果有人問他世界末日的感覺，他會說他知道。那種遠超出驚懼、絕望的震撼只有一秒不到，但強度則是另外一回事。接著他開始聲嘶力竭地哭喊，不但把其他人都嚇壞，時澄也幾乎**暈厥在自己的叫聲中**。當他清醒過來的時候，弟弟已經被救到岸上躺著，眼神完全呆滯，半張的嘴唇呈深紫色；有一個中學生用手掌猛壓弟弟的腹腔，直到弟弟嘴裡吐出許多細沙和水來，開始呻吟。

整個下午，他們虛弱地坐在河灘上看別人遊戲，嬉鬧聲顯得非常遙遠，好像兩個來自冥府的過客，落寞地旁觀這一切。他們一直待到黃昏，陣陣涼風從河面上吹向蘆葦，發出嘩啦嘩啦的聲響有如無韻的排笛，夕日將每個人的影子都拉得長長的時候，時澄才緊緊拉著弟弟的手回家。那個夏天，兄弟倆再沒回到河灘上，只有秋林知道發生了什麼

10

塔里木河和許多沙漠中的河流一樣，也有幾個階段，彷彿人的生命。最初是一條幼年的小溪，汩汩流過山中的苔蘚；接著成了少年，奔騰洶湧的急流，用不可抗拒的力量穿破極堅強的岩石。然後它到了盛年，出了大山，進入平坦地帶，變成穩重安詳的河流。河流也漸漸老去，奔騰的生命力沒有了，水程越流越慢，也越沉靜，流量減少，所形成的力量也不再增加，只有日漸萎縮，這河已像人一樣過了生命的頂點了。於是它不再奮鬥，被動地改變前進的方向，河身漸漸縮減，最後生命終結，永久地進入了它的墳墓，就是那個「漂泊的湖」，羅布淖爾。

11

中二升中三的時候，時澄的聲音變了，個頭也已經長得跟父親一般高；父親雖然有時會錯愕地望著他，那眼神就像突然發現家裡住了一個陌生人，儘管如此，父親對他講話的語氣並沒有改變，仍當他是個未曾長大的小孩。

父親並不知道，或者是無意間忽略了，時澄的內心，正醞釀著前所未有的騷動，雖然時澄自己也並不清楚那是什麼。他渴望朋友，而且是特定的朋友，他希望引起他們的注意，和他們成為一夥。那些人講話的語氣有一種自信和不屑，他們敢當眾跟人勾肩搭背或講粗話，甚至鬥毆，他們籃球或棒球都打得不錯，有的是足球校隊。他們的身材高，肌肉堅實有力，在球場上奔跑、跳躍、衝撞、叫喊都顯現一種迷人的丰姿，好像不論在什麼時刻停格都完美無與倫比；其中有幾個學業成績還是頂尖的。

時澄渴望和他們一樣，他做了很多努力，但是與那些人仍然隔著一段距離。他在不熟的人面前那種極度害羞的個性，這個時候只能說是毛病，遇到越是在意的人他越是說不出話來，更不要說什麼勾肩搭背了，粗話他是說不出口的，打球又沒本錢衝撞，只能在人少的地方混水摸魚，總有花拳繡腿的感覺；學業成績也是起起伏伏，一點也不顯眼。這時和他較好的同學，只有一個也沒什麼朋友的轉學生阿寬。

他的自信逐漸稀釋，而失去自信更是教自己無論做什麼都提不起勁來，於是越發感到灰頭土臉，充滿了挫敗。他不敢看鏡中的臉，甚至不小心看到自己的影子都覺得非常嫌惡。他開始懷疑過去的快樂無憂，那些無保留的讚美，只是家人刻意設下的騙局。他選擇頂撞父親以及一切教父親不舒服的方式表達他的怨懟，用陰暗的報復保護僅存的自尊。家人的來信已經激不起他任何的好奇，而且對沮喪的他起不了任何安慰作用，他總是隨便看看就廢然丟到字紙簍裡，也不再準時回信。

那時父親開始和一個經常往返台、日之間，非常勇敢、能幹的跑單幫年輕女子翠鸞密切交往，而且迷上交際舞。當時澄每天在球場上流一身臭汗、跌出大大小小的傷時，無論如何也看不順眼父親所謂的運動竟然是跳交際舞——一對對男女抬頭挺胸縮小腹然後把身體貼得緊緊地左搖右晃，表情故作冷酷高雅卻又掩不住眼神的迷離挑逗，時澄認為這分明是穿著禮服當眾集體做愛。

父親情感上有了寄託，而不管是背著家鄉的妻子或當著兒子的面做這件事，總是多少有點心虛，於是對時澄的言行表現出極大的容忍，這使得時澄好像把每一記強力勾拳都打在棉花堆上，挫折感只有更重更深，凡事都裝作一副自暴自棄的姿態。他精神渙散，上課老打瞌睡，成績完全走樣，時常逃學，還有一次在路德教會聖堂後面和別的學校打群架，父親三天兩頭接到學校的通知，跑了一趟又一趟訓導處。

一個燥熱的週末夜晚，姑姑突然約他吃晚飯，吃得很悶，吃完又沒有要散的意思，一前一後在植滿銀杏的人行道上晃啊晃的晃到六本木，晃進了一家爵士酒吧。在那裡姑姑也是自顧自喝純威士忌，有時跟音樂哼兩句；時澄很覺無趣，點了杯長島冰茶，不是想喝，而是很想倒到誰的頭上去。

夜深了，兩個人看似有些醉意，其實彼此都知道，清醒得很。離開酒吧，時澄發現姑姑手上不知何時拎著一瓶紅酒兩只杯子。時澄知道這個晚上還沒有結束。

他們搭上一輛計程車，姑姑讓司機開上灣岸道路，說只要一直開、隨便繞、不要停。一路上姑姑儘喝酒、抽菸，也給他斟酒，但什麼話也不說；即使有時會和司機聊些無關緊要的話，就是不理時澄。一點也不像平常的姑姑，時澄開始感到害怕，他不知道發生了什麼事，也不知道底下會怎樣。

車子開了很久，直到完全遠離東京市區的煌煌燈火，姑姑突然要司機將車開下一個交流道，然後往海邊的方向駛去。慢慢連路燈都稀稀落落起來，沒有建築物，看不見其他車燈與人影，只有計程車走在崎嶇地上的倥隆倥隆聲。在一個似乎是道路盡頭的地方，姑姑讓停車，她請司機在那裡休息並且等一下，就帶著時澄下車一直走。

等時澄適應暗處的微弱光線後，他發現眼前是一片廣袤的海上貯木場，巨大的原木整齊地排列在好幾個足球場大的地方，偶爾呼應潮水的波動，發出細微的撞擊聲；那種聲響只有教天地顯得更加寂寥。

姑姑拉著他的手，一起踏上原木，木頭只輕輕沉落即又浮起，比上渡船還平穩。他們踏過一根又一根巨木，直到與岸邊隔了有一段距離才坐下來。

周圍飄著些腐味，使得姑姑身上散發出來的橘柚花系香水的氣息特別濃烈。

好一會兒姑姑才開口說道：「聽說你最近怪怪的，怎麼了，談戀愛了？還是內分泌失調？」

「哪有？」時澄聲音很低，幾乎聽不見。

「有什麼事就說嘛，大聲點說！」或許是空曠的緣故，姑姑的說話聲有些顫抖，還混雜著隱約回音。

時澄別過頭背著姑姑說了句什麼。

「聽不到，再說一次。」

時澄突然大聲叫道，以日語：「我—不—想—上—學—了！」

嘴巴才閉上，就發現耳鳴得厲害，頭有些發暈，好像被自己的聲音嚇著了似的。

「就這樣？」姑姑問道。

「我—不—要—和—爸—爸—一—起—洗—澡—啦！」

姑姑在一旁大笑，幾乎停不下來。

「一—點—不—好—笑——」時澄對著姑姑耳朵說，而姑姑笑得更加大聲。

笑聲停止後，姑姑才以正常音調說道：「好，我去跟他說。」

「隨便你啦。」

「不過我今天帶你出來，本來也是打算跟你談一些不太容易說的話，不過現在想想又好像不必了。」

時澄隔了好久才想通這句話，姑姑本來當他是個大人，想跟他講一些大人之間的話，但是看時澄的反應，畢竟為時尚早。

姑姑自顧自點了支菸，連吸了好幾大口。想想也遞給時澄一支。

「你有時也要想想你爸爸的處境，好嗎？你知道為什麼爸爸要帶著你來到這麼遠的地方嗎？你有沒有想過？」

「想過，但有什麼用？他不講，我永遠也不會知道。」

「有一天你總會知道的，說複雜很複雜，說簡單倒也很簡單，但是今天不管我怎麼講，你能理解的還是有限，理解有限，反而都變成了誤解。」姑姑長長嘆了一口氣，說道：「我們這一家人之間的誤解已經夠多了。」

顯然姑姑心中藏著很多話要說，不過時澄當時覺得自己切身的問題委實不少，也不想再知道其他。

姑姑又說：「你這個父親，傻傻的，直直的，個性不知道改，遇到事情也不會變通，顧忌很多，又怕麻煩，才會把自己逼到這麼遠的地方來。」

時澄聽姑姑嘴裡吐出的「你這個父親」幾個字，總覺得怪怪的。

「他心裡想什麼我都知道，姊姊看弟弟，不會錯。也夠可憐的啦，好好的人，躲到這邊來。躲起來就什麼事都不會發生了嗎？」

時澄雖然不清楚姑姑說的是什麼，也在旁附和一聲「對啊」。

姑姑突然帶著冷笑的口吻說道：「對啊，那你跟他賭氣，教他擔心、不舒服，你就什麼事都會變好是不是？」

時澄不作聲，定定看著外海一排航道浮標閃爍的紅色號誌。突然一個黑色的影子從眼前快速橫越而逝，把他嚇了一跳。

姑姑朝上方吐了一口煙，說道：「一隻夜鷺吧。」

接著是一段長長的沉默。由於漲潮，海上的腥藻味更重了。

許久，姑姑才又出聲說道：「澄，就算是幫你父親一個忙吧，不要再替他惹麻煩了。他也夠可憐的了。」

也許是輕微酒意，加上原木難以察覺的晃蕩，他覺得姑姑乾澀沙啞的聲音彷彿來自非常遙遠的所在，好像兩個人都分別漂浮在貯木場的上空某處。

但他這時的直覺反應竟是：不要被姑姑催眠了。

他用一種奇怪的語氣說道：「如果他可憐，那我就是可悲了！」

姑姑有些意外，「所以？」

「他活該！」時澄也不知道自己哪裡來的這火氣。

姑姑看著他說道：「是這樣的嗎？」說完突然劃了根火柴，四周一亮，把時澄嚇了一跳。剛剛姑姑點菸都是用打火機，他沒注意帶著火柴。微弱的火光在姑姑手上燃了一會兒，眼看要熄滅，姑姑快速將火柴棒丟到貯木場的水中，「爆」的一聲水上竟然起火，燒了一會兒才熄掉；時澄跳起來，姑姑卻哈哈大笑，又點了根火柴，往別的方向扔，引燃另一簇火花。

時澄著急地阻止她，直叫道：「姑姑，姑姑，不要鬧了！」他怕這些木材被一把火全燒光，底下要發生什麼事不知道；他真的嚇壞了。港口的水面總是漂浮著一層油污，他腦子裡彷彿看到一片火海。

姑姑止住笑，作勢還要點火柴，然後問他：「你怕什麼？坐牢？賠錢？被當作瘋子？又不是你做的怕什麼？還是怕被燒死？」說完又拋出一顆流星，在較遠處引燃小小的爆炸。

時澄用幾乎是哭的聲音說：「姑姑，不要！求求你，回去吧，我們回去好不好？」

他們相互攙扶著，慢慢踱回停車處，半路上，姑姑低聲對他說：「我可以很肯定地跟你講，你爸爸非常在乎你，他很愛你。」看時澄在一旁搖頭，姑姑也搖頭說：「信不信，隨你。我也希望你記得，他是個可憐的人，你不要再傷他的心，好嗎？我不希望你這樣，好像你也是一個可憐的人。」

這麼多年了，時澄仍然清楚記得黑暗中一簇簇詭異的火光，映照著他無所遁形的恐懼。

那時他才看清楚自己並沒有什麼自暴自棄的本錢，他那些自以為是反抗、報復的行為，充滿了自欺與虛偽，恐怕一如姑姑眼中的父親。

倒是經過貯木場放火事件，時澄收拾了一下荒廢的心情，好好讀了幾個月的書，竟然考上學習院附屬高中——一所父親心目中煥發著華彩的明星高中，這使得本來對時澄的升學已經做最壞打算的父親高興了好一陣子；時澄自己也頗為得意，總算重拾信心。

12

我們順流而下，走得平靜而舒緩。沒有風，水面像渠道中一樣波平如鏡，入畫的獨木舟在水中構成了清晰的倒影。有幾隻船在我們這隻前面，有幾隻在後面，但我們的隊伍是時時變換的。每隻船上的船伕都有歌聲。

單調而抑鬱的音韻緩和了划船的辛勞。唱歌的船伕好像永遠不會疲倦似的，至少在歌聲不歇的時候不覺得疲倦。槳竿一動，歌唱就開始，和著撥水的聲音。有時船隊走得很近，船伕就來個大合唱，或是彼此接唱，好像一個歌唱班子。他們唱的歌沒有幾首，同樣的歌天天反覆，從早到晚響在水上。我們把這些歌不久也記熟了，但是我們並不厭倦這些歌，並且我們知道，只划船而不唱歌是難以想像的。

我坐在甲板上俯身就著箱子充當的寫字桌，攤開地圖紙第一號。最常用的東西是指南針、手錶和鉛筆。原則上每五分鐘間隔取一個方位，但船行方向常常一、兩分鐘一變，因

13

上學習院高中後，周圍同學一個長得比一個高大，講話更有條理，做事更有計畫、也更有手段，在校外更加的活躍，認識了許多不是學生身分的朋友，但也更加現實，很多人熱中於「交際應酬」，話題除了考試，就是談名牌、談女人，舉止隨便，作風邋遢，彷彿突然都變成了**男人**；唯一減少的好像只有想像力。

時澄在足球隊認識了一掛新朋友，又和其中幾個結成死黨，因為他們想組一個搖滾樂團，而時澄有點鍵盤的底子。一群人共有七個，加上一條老是黏著他們、瘦得像狗的流浪豬，於是非正式取名叫「里見八犬」。大夥常常窩在一起聽嘈雜的音樂、喝廉價酒、吸粗紙菸，然後談音樂、談些性，一方面這似乎是搖滾樂手需要的氣氛，一方面不小心說不定可以將乳臭未乾的聲音搞得沙啞而富有磁性。大家豁了好長一段時間，音樂談是談了不少，卻也沒真的玩過一次樂器，連學學狗叫都沒有，最後一個個意興闌珊起來，慢慢也就散了。但總的來說，時澄生活的版圖擴大不少，也比較敢與不熟的人交談。

由於常常到學校附近的早大文學部球場踢球的關係，時澄偶爾就留在那邊的圖書館看看書，或是到學生餐廳用餐，甚至出席人家社團舉辦的公開活動。一個秋天的夜晚，氣溫陡降，冷風從不同方向吹來，校園中各種大樹上僅剩的枯葉被大量搖落，他瑟縮著身軀一個人前去參加一場音樂欣賞會。

他到的有些遲，匆匆進了視聽室找個空位趕忙坐下，才發現進錯了房間。他想聽的是一場唐・麥克林（Don McLean）實況演唱的紀錄片，結果耳中傳來的是宛如聖樂的合唱曲。他不好意思再大剌剌地走出去，只好坐著乖乖聽下去，結果也沒他想像的那樣不可忍受，甚至還滿有感覺的。更教自己詫異的是，在女高音感性的詠唱中，他的情緒突然有一種不可遏止的波動，整個人坐在座位上微微顫抖，並推湧出滿臉的淚水。

他根本不知道音樂的主題，但是溫柔的歌聲像搖籃曲一樣，撫慰他，溫暖他，擁抱著他，催他安心入睡。第一次，離鄉之後他是那樣不可遏止地想念故鄉，想起母親，想起所有親人，想到兒時全家聚會的光景，還有庭院中的古木，悠緩的市街和田園，圍繞著小鎮的溪流，還有四方山巒蒼藍的屏風，一切都顯得如此安靜，像夢一樣完美，只等他走近。

音樂會結束了，但時澄一時不想離座，在原地閉著雙眼，臉上淚痕處處。等人潮散去，房間中只聽到兩三個社團的人在整理音響器材的聲音，他才深呼吸一口氣準備起身；當他睜開眼睛，看到前面兩三步遠有一個人一直看著他。

那人有點憂慮地問他：「沒事吧？」

時澄坐在原地搖搖頭，覺得這個人有些面熟。

那人趨近了一點，彎下腰來問道：「身體不舒服嗎？」

時澄勉強擠出一絲笑容，答道：「我沒事，謝謝。」站起來就要走，不知道怎地，步履有些蹣跚，那人趕忙上來扶著他。

也許他那時就是需要一點力道，一點溫熱，一點親密，加在他狀似虛脫的身上，他很歡迎此時此刻有一個人緊貼著他，亦步亦趨，給他依靠。他沒有拒絕。

那人用機車載他去搭車，他們再度穿過起風的校園，兩個人都沒說什麼話，好像他們是在執行一項祕密勤務，不能暴露身分。時澄甚至忘了他們是怎麼分手的，不知道對方姓名，更不要說科系、電話或地址。然而這個人出現在一個奇妙的時刻，即使兩個人再也不會見面，時澄告訴自己，一定要永遠牢記這個夜晚，這個人的**細節**，第一眼看到他時他那好奇的眼神，他的深膚色臉頰上一道白白的傷痕，唇邊的鬍渣，細細頸項上突出的喉結，造型奇特的皮帶銅圈，緊身牛仔褲上的磨損，還有他修長有力的手指，皮夾克背上的曼陀羅圖案和它散發的味道。

他們很快又碰到了對方，當時澄到文學院圖書館的時候，他才想起難怪這個人總覺得面善，原來他是圖書館的助手，多少照過幾次面。時澄主動請那人喝咖啡，為那天的照顧聊表謝意；後來那人又回請他吃飯。兩人漸漸熟絡起來，也就無話不談。

他叫川上鴻史，哲學系中退，隔了好幾年又回來讀歷史，現在社會學研究所讀博士前期課程，一邊就在圖書館打工。他年紀比學校中大部分同學都大，雖然看不太出來。他曲折的學歷，主要受了當年學運的影響；不是因為學校關閉，而是他本身就是非常活躍的運動家。

鴻史一開始就熱烈投身學運，主要是氣質使然，他對文學院中封閉的學風很是感冒，老是給教授難堪，教授們對他也很不客氣，大家早已槓上，加入學運只是讓旗幟更加鮮明。他們是最早佔領校園而且將學校中主要領導拉下馬的。他覺得夠了，但運動停不下來，學校間的串聯和工聯的統一陣線把運動轉移到另一個方向上，而學運的初衷已不再有人提起。

起初鴻史還好奇地參加校外的大型活動，在動不動就是幾千甚至上萬的群眾前頭演講，領導大家喊出激昂的鬥爭口號，主持熱烈的批判大會，策劃充滿挑釁味道的街頭示威遊行，寫大字報，製作汽油彈，多半還算新鮮，所以很是激動了好一段時期。但很快這種集團行動開始教他覺得很不自在，因為群眾的集體情緒常常凌駕原先設定的目標，而情緒的力量越來越不可駕馭，像是脫軌而又煞車失靈的高速列車。

尤其後來一次次目睹汽油彈在防暴警察身上引爆延燒，木棒、鋼管狠狠打在不同派系的學生或工人身上，他無不感到驚心動魄，那已遠遠超出恐懼，只剩下一種說不出的悲哀。在人群前面他的叫喊聲越來越無力，腳步更加遲疑，雖仍斷斷續續地參與，但已經不再廁身行列的中央。他再也沒辦法像那些與他一起出道或是晚出道許多但更加積極的，頭戴安全盔、以手巾蒙面、左上臂纏著血紅布條的好戰派活動家那樣，說話咄咄逼人，詈罵別人理直氣壯，只要路線與自己不同，就把對方當人渣來踩，他做不到。

他也看多了，佔領了學校的學運領袖，成為權力在握的既得利益者，他們呼風喚雨、享受特權，羞辱和他們談判的內閣官員、校長、警長，叱吒一時，但也就是一時，沒多久就被更聰明、更不怕死、更虛無的人以任何想像得到的無情、卑劣手段鬥垮。鴻史很快清醒過來，他看到包括自己在內的這一群造反者，和他們鬥爭的對象——學校、官僚、軍隊、警察、資產階級並沒有兩樣。他以僅剩的理智和勇氣讓自己縮手，而且企圖扭轉學運的方向，但在革命彷彿步上坦途的一片昂奮、樂觀氛圍中，沒有人站在鴻史這邊，當然也沒有人會聽他的。他們聯手輕易將鴻史鬥掉，把他「掃進歷史的垃圾堆」，剝奪他的發言權。

鴻史求仁得仁，沒有抵抗，反而得以遠離那群興奮狂熱的十字軍和他們血腥的異端裁判法庭，走到沒有煙硝味的大街上，到果菜市場、瘋瘋病院、貨運碼頭、建築工地，到賣淫者、吸毒者活動的巷弄，浮浪者集中的違建區和大車站附近陰暗、惡臭的地下道，試著體會他們的生活，嗅聞他們身體上夾雜的各種危險與衰敗之況味，以及不管知識或者革命都無法改變的、僅僅屬於他們的真實，揮之不去的命運。

「真正的生活在這些地方，」他帶著些許火氣，對時澄說：「造反派虛構了整個革命情境，所謂進步的和反革命的，迫切的暴力需要和雙重標準的辯證法，人間天國，善與惡，全是虛構！」

在這種時候，時澄才感受到鴻史真正的魅力，那是他無可替代的一片赤子之心。他看似平靜其實內心激動地傾聽鴻史說話。

「他們哪有自以為的那樣無辜，那樣造反有理？看看街上這些人，你才知道什麼叫做殘酷。經過這麼多事以後，校園會變，也許，金字塔尖端一小撮社會頂層的人或許會動搖，但是我們在街上所看到的這些人，他們的現在就是他們的未來，口號、歌聲、整個時代，不過是他們沉重生命中沒多大意義的浮光掠影，多麼荒謬，多麼殘酷？」

在那種年紀的時澄對鴻史所說的話其實並不能完全意會，但是他感受得到鴻史的激情，從他赤子般熱切而真摯的語氣和手勢，從他受傷的眼神。收割革命果實的絕對不是赤子之心的擁有者，而是戴著造反桂冠的權謀家。

後來連合赤軍在長野山區處決十四個自己人，還殺了兩個警察；之後不久，三名與巴勒斯坦解放陣線合流的日本赤軍成員，在以色列特拉維夫機場入境大廳射殺了二十四個旅客，另外造成八十多人受傷。這件事教鴻史非常沮喪，那些他昔日的戰友已經走上瘋狂的末路，雖然他早已選擇脫離，但仍然深深感到，殘酷的屠殺和如此冷血的無差別攻擊，並非與他完全無關；在他仍然狂熱的年代，他不負責任的挑釁行為和未經深思的煽動言辭，鼓舞了多少人投身運動，成為他的同志和馬前卒。他自己脫身，但留下他們，就好像一個帶原者，把病菌傳給別人，後來自己雖然痊癒了，卻留下被他感染的人不管。他認為那些罪行有他的一份，並為此嚴厲地譴責自己。荒廢的校園嘲笑著他更加荒廢的心。他決定退學，離開製造罐頭人和偏執者的學校，離開經濟奇蹟的策源地東京，到盡可能遠的地方，尋找救贖的可能。

他走得夠遠也夠久，在東南亞和印度次大陸流浪了五、六年，才又回到革命早已退潮的故國和校園，平靜地讀書、研究。

鴻史鼓勵時澄讀書，尤其是文學和歷史，他讓時澄讀三島由紀夫但不是《憂國》而是《假面的告白》，他也介紹了海明威、里爾克、聶魯達、紀德和葸內的作品，而時澄在閱讀中也自己「發現」了沈從文。

時澄的父親知道他們的交往，後來也和鴻史見過幾次面；父親就像許多人一樣，對東大、慶應、早稻田多少都帶有敬意與好感，所以很樂意見到他們的交往。時澄也帶鴻史認識了原本怕被認為是「墮落象徵」而不敢介紹的姑姑。

在那種年紀，在幾乎是無政府的氛圍裡，慢慢鴻史對時澄的態度，講話的語氣、表情，一些小動作，肢體有意無意的接觸，都微妙地在發酵。他們見面的次數更頻繁，待在一起的時間越來越長，時澄對這一切是歡迎的，除了姑姑，還有一個像哥哥一樣的人，照顧他的生活、體貼他的心靈，讓他覺得非常豐足、非常幸福；但他也注意到鴻史多了些不自在，多了些欲言又止的時刻，尤其週末在鴻史住處，或是接近必須分手的時間。

如果是夜晚，兩個人走過樹影濃密的公園，或無人的巷道，鴻史會嘗試著握時澄的手；時澄儘管感到異樣，但他並沒有抗拒。週末在鴻史位於高田馬場的住處過夜漸漸成為習慣，而鴻史睡覺的時候總是不著痕跡地慢慢貼近他，甚至將手謹慎地放在他的身上，他都知道。一個初秋的夜晚，他們相約到澀谷「天井棧敷館」看寺山修司的戲，劇院自由奔放的氣氛深深感染了他們，以致兩個人在回家的路上仍然興奮不已，加上天候轉冷，在澀谷車站山手線的月台上等車時，鴻史左手從肩膀上繞過後頸緊緊環抱著他，一邊跟他講話，突然不知哪來的勇氣，用左手將時澄的臉托近，然後毫不遲疑地對準時澄的唇吻了下去。除了錯愕，以及唇的濕濡，時澄渾然忘了其他感覺。

他們沉默地上車、下車，不發一言地回到高田馬場；一直到熄燈就寢，他們都不敢看對方一眼。才躺下不久，鴻史開始對時澄的身體大膽索求，時澄看著鴻史在黑暗中的剪影，他的重量、體溫和氣味同時襲來，喘息聲就發自時澄的耳邊；他的唇像水蛭一樣吸附著時澄的唇，舌交換著舌；他的手在時澄身上巧妙地巡遊，時而溫柔，時而粗暴，讓時澄完全不知所措。於是他將時澄的手放到他的背部，撫觸著他結實的冰涼肌膚，又引導時澄的手來到一處賁張、灼熱而潮濕的所在。

凌亂的夜，在時間和光所不及的黑暗深處，在醒與夢的接壤。

以後，這件事幾乎成為他們每次見面必不可免的儀式，維持了一年多一點的時間。時澄自然地接受這是他們友情的一部分，而鴻史藉此釋放了他所有的焦慮與熱情。

那一年，同學流行在手臂、大腿或肚皮上刺青女友的名字（聽說還有人刺在很是見不得人的部位），在校外也經常看到那些臉上仍滿布青春痘的同學和女友出雙入對，而

14

這時落日正在天邊，把灌木、樹身和河岸都染上了一層紅光。六點鐘的時候，我的前槳薩狄克突然大叫一聲：「阿德克—開爾迪！」

維語的ardek是「野鴨」，keldi是「來了」。我正忙著地圖繪製，匆匆的第一念只以為薩狄克叫我們注意離開尉犁數小時後初次遇見的野鴨；但他手指的左岸，有兩個騎馬的人影。我立刻認出其中一臉花白鬍子的老人，是我舊日的僕人「野鴨」阿德克，他是隔了三十幾年又到這裡會他的老主人來了。

我於是命我的船靠岸，阿德克從六英尺高的岸上滑下來，到了船上。他兩眼含淚，把歷經多年辛苦的兩隻粗糙的手伸向我。歲月把他也折磨得夠了，他臉上又瘦又乾，額頭都是皺紋，頭戴一頂破爛的皮帽；身上那件維族人常穿的「沙板」大袍，也是顏色落盡。

他說：「我們三十二年前在喀什噶爾分手，當時你說總有一日還要再來，所以我們等了又等，可是你總不來，當時跟你的人好幾個已經去世了。」

阿德克是在一八九九年十一月初次跟我的，那年除夕夜，他和我，還有他的三個同伴，是在陽吉庫勒和車爾成河間的大沙漠中圍著一堆小營火度過的。翌年三月，他參與了沿當時已經乾涸一千六百年之久的庫穆河河床勘查之旅；他在三月二十八日樓蘭廢墟的發現中佔有光榮的地位。一九〇一年夏，我假扮蒙古人，由西藏北部向拉薩進發，同行的有一個來自布里亞特蒙古的哥薩克人沙都爾，還有焉耆的一個蒙古僧人錫拉布喇嘛；阿德克則為我們照看驢馬。

那年十二月二十九日，我最後一次看見這個和我的生涯有著重要關係的「野鴨」。沒想到在阿德克的暮年我們還有相會的一天。

15

醫院的夜晚並不平靜，總是會從這裡那裡傳來呻吟和叫喚，推車的輪軸摩擦，藥罐碰撞，還有一些急促的腳步聲。

時澄將椅子挪到牆邊，雙臂交叉環抱胸前，坐在椅子上打盹，竟然就睡著了。當他被走廊上走動的沙沙聲響吵醒時，窗外景物已經浮現淺淡輪廓，低空還有一些快速移動的灰黑雲層，但不是陰雨天那種漫天蓋地的黑，是半透明的、多層次的，通過玻璃看起來，好像一塊上好的翡翠。時澄恍惚回到那些姑姑遲歸的日子，他靜靜旁觀一個因疲憊而逐漸老去的靈魂，但是如此真實而勇敢，因此也是一個美麗、通透的靈魂。

「不要那樣害怕真相，真實也許很容易教人受傷，但人活下去，傷口總會痊癒，可謊言卻是一種永久的負擔。只要你不欺騙自己，不傷害別人，再加上一點幸運，那麼經過時間沖刷之後，你記住的，通常是其中美好的部分。」姑姑曾經這樣告訴他。

姑姑大約在六點半左右醒過來，看到是他，便不住地笑，臉上的皺紋更形明顯。時澄也注意到姑姑的白髮比印象中多出許多，昨晚在燈光下還看不太出來。

姑姑說：「我還以為再也看不到你了呢。」聲音稍微虛弱了些，但慵懶則一如以往。是的，如假包換，過去的姑姑又回來了，這教時澄頓時放心不少。他也想扮演過去的自己，不要讓姑姑發覺他身體上的、以及精神上的異狀。

時澄大聲說：「我只是去了上海，又不是冥王星。」

「太好了，」姑姑的聲音不覺也高亢了起來，說：「我們可以演一齣好萊塢濫情倫理悲喜劇。」

「女主角太年高德劭了吧？」

「謝了。你最近很忙吧？準備待幾天？」

「瞎忙罷了。休完假回去就要開始忙幾張要在暑假推出的專輯，最近很不景氣，一大堆公司紛紛轉手給國際大廠，我們公司據說也在談了。」

「你們公司手上不是有幾張王牌嗎？」

「做那些人的片子成本高得嚇人，如果不賣到十萬張等於白忙一場，而且為了週轉，還要不斷出其他片子，順便賭賭看會不會冒出一、兩匹黑馬，結果新面孔換來換去，有時候真的想不起一些歌手的名字。那些新人也可憐，上電視節目一樣老被主持人叫錯，都成習慣了。欸，我們談這些做什麼？」

姑姑伸手摸了摸桌上的鳶尾花，時澄知道她喜歡，尤其是它的顏色。

「身體有沒有好一點？」

「還好，不過我也知道這次不是來割盲腸或是割雙眼皮，拿了消炎藥就可以出院等拆線。」

時澄握著姑姑的手，說：「你會行奇蹟。」

姑姑苦笑道：「接著你不是又要說，『有這樣老的天使嗎』。對了，醫師說今天我可以暫時出院，你來得真是時候。」

「真的？太好了，在這種地方談話，總覺得連思考模式都會變得比較消極。什麼時候可以辦手續？」

「不知道，八、九點以後吧，我想。」

結果根本不是那麼回事，姑姑因為吃藥吃得頭暈腦脹，不時產生幻覺，以為醫生昨天說過什麼，其實更可能是潛意識在自導自演。不過姑姑因為時澄的到來，已經在病床上待不住了，向值班護理長千般懇求，終於獲得准許外出半天，但必須等主治醫師來過才行。

陽光在接近中午時分露臉，他們出了醫院，先回港區的住處。一開門就有一陣輕微的霉味衝鼻而來，時澄趕忙將所有的窗戶打開。

「你有多久沒來這裡了？」姑姑問。

「三年多了，不過你這裡好像永遠不會變嘛，怎麼看怎麼沒品味。」

「屋子應該跟主人一樣恰如其分，否則回到家不是好像去了別人家嗎？」

姑姑在客廳還沒坐定，想到什麼，又起身走到梳妝台前，拿了一張紙條給他，「拿去，去年底川上君有事上京，到多年前工作的地方打聽，輾轉找到了我。他這些年一直住在新潟鄉下，氣色還不錯，沒以前瘦。他說有時也滿想你的，臨走留了電話。」

一個遙遠得很不真實的名字，帶著一個有如拼湊過的影像，突然滿溢在一座乾涸多年的記憶之河床。隨之而來的是一陣難以形容的苦澀。時澄頭部像是痙攣似的快速搖了幾下，低頭看了看號碼，即放在皮夾中，沒說什麼。

他們沿著運河走，姑姑身體很虛，所以走走停停，有時在路邊咖啡座吃片水果慕斯蛋糕喝杯低咖啡因熱飲，有時到小酒館點一杯紅酒、一份乳酪；四月的風冷得恰到好處，由於吃了那些東西，全身充滿暖意。

眼前的東京灣被碼頭和人工島全面包圍，成群的海鳥在往來船隻的四周覓食；比起高架道路和跨海大橋上的車聲，海沉靜如滿潮的沼澤。

他們坐在日之出渡船碼頭無人的候船室，一邊看海，一邊閒聊。

時澄幾經考慮，然後問道：「有沒有想過，回故鄉一趟？」

姑姑眼睛直視前方，幽幽說道：「如果可能，我寧願去貝加爾湖。」

時澄看著她，邊搖頭邊笑，姑姑也不理他，正色說道：「我可不是在開玩笑，我一直想去那裡做一次巡禮，它是我心目中的聖湖。你知道嗎，即使地球上其他的淡水都用完了，貝加爾湖的水仍然夠全世界幾十億人口飲用十多年！」

「難以想像。」時澄說。

「湖裡還產一種魚，不是卵生的，母魚直接胎生子魚；我覺得這個湖非常非常神祕。」

「你可以去貝加爾湖，但並不妨礙回故鄉一趟啊。」

「如果我還有選擇，那我也很想搭船做一次環球之旅。」

「是是是，太好了，那你乾脆把你想去的地方全說出來，我看那可憐的故鄉被你排在第幾位。」

「也沒那麼多啦，只要再一個地方我就夠了。」

「哪裡？火星，還是月球？我看黑洞也不錯，說不定經過奇妙的重力作用，還可以返老還童呢。」

不管時澄的揶揄，姑姑自顧自認真地說：「阿根廷……」

時澄立刻插嘴以誇張的語氣說道：「喔，不要為我哭泣。」

姑姑好像沒有聽到，繼續說道：「巴塔戈尼亞地方有一個荒涼而隱密的海灣，是露脊鯨在寒季停留、交配、育嬰的地方；想想你在破曉時刻從營帳中鑽出來，揉著惺忪的眼睛，放眼一看，曙色逐漸驅走黑夜，淡紫色微光籠罩下，成百上千的巨大生物在平靜的海灣中游泳、翻身、噴水、搖頭擺尾、把自己高高拋到空中再摔回去，像在自家花園的池塘裡面嬉戲一樣，這是一幅多麼感人的景象？我覺得那是最接近天堂的地方。」

「所以，」時澄說：「只要你去過貝加爾湖朝聖，然後搭船繞地球一圈，又到巴塔戈尼亞餵過鯨魚，而且沒有像約拿葬身魚腹，你就願意回故鄉了？」

姑姑想了想說：「再說嘛。」

「難道你對故鄉一點都不想念嗎？」

「好像你自己就有多想念似的。我已經很久沒有夢見那個地方了。」

「姑姑，回去吧，就算是和他們和解。」

「原來你要說的是這個。你還不了解你的家人嗎？我回去只會使他們難堪而已，何必多此一舉？」

「可是他們會一輩子都不安的。」

「死亡就是和解，」死亡這個字，終於從姑姑嘴裡說出，「再多的傷害與祕密，都將隨著記憶的消失而一去不返的，時澄。」

這是第一次時澄領略死亡這個字眼的跋扈，它蠻橫地，像堵黑牆一樣聳立在他的前方，擋住他的所有視野和想像力，教他無話可說。

姑姑說：「這條路是我自己選的，他們並沒有故意傷害我，他們只是怯於接納真實的我，尤其在我最需要支持的時候。其實過了這麼多年，我已經完全想不起來我所曾經對他們有過的恨意了。」

有風來自海上，時弱時強，時澄緊緊握著姑姑冰冷的手，在海鳥鳴叫聲中，和她一起等待暮色的降臨。

送姑姑返回醫院的車上，姑姑已經非常虛弱。她的頭靠在時澄肩上，髮際微微飄出藥味。時澄自己體力還可以，眼睛卻不行了，許多五彩燈火在車窗外不斷後退，所有具象的事物在流動中一一融化。他暈眩欲嘔，覺得看到的與其說是光不如說是空氣，沒有溫度、沒有慈悲，如是焦躁而且充滿敵意，因恐懼與虛偽而凝結的空氣。

姑姑囁嚅地說了些話，有如譫妄，時澄聽不太清楚，於是拍拍她的手，意思是要她好好休息，不要多話。

姑姑稍微放大音量說道：「我是說，我覺得很幸福。能夠清清楚楚看著自己走完最後一程也算是一種幸福。」

時澄道：「但對於愛你的人而言，滋味並不好受。」他將手環抱著瘦弱異常的姑姑，稍用點力，衣服裡面好像只剩下空氣。

姑姑說：「愛是不用時間證明的，問題不在短長，而且時間常常為愛添加許多雜質。愛人終究要分手，但**愛意**不會就此消失。如果我知道一個人他自覺很幸福，那我就不會為他擔心。」

「那你，你害怕死嗎？」

「我覺得夠了，我這一生，尤其是像我這樣一個殘缺的人。」

「你不是！」時澄直覺地反駁道，可是有時他也不那麼確定。

姑姑閉著雙眼，平靜地說：「愛比死難。」

回到醫院，姑姑走路已經踉踉蹌蹌，時澄趕忙幫她找了輪椅，將她推回病房。

床頭的桌子上放了滿滿一小碟藥丸和兩瓶顏色各異的藥水，姑姑以乾淨俐落的手法將這些東西全部吞進肚子裡，然後躺到床上。她的體力完全不支，可是看起來了無睡意。時澄想到自己也該吃藥了，但不是在姑姑面前。

她請時澄向值班護士要了一床毯子，讓陪坐一旁的時澄蓋在腿上，然後對他說：「其實你可以不用知道這麼多，對你是不公平的。」時澄知道她說的是什麼。

「不要再說這些了。」時澄說。

「說來奇怪，也有點可笑，我有愛人，也有許多朋友，可是只有你讓我實實在在感覺到『家人』這種東西。不是所謂血緣上的家人，也許是你出現的時候吧，正好是我的身體和心理都跨越了一大步，邁向另一個成熟期的當口，我第一次覺得我是一個母親，而你是我無性生殖的產物，我的孩子，我們屬於只有兩人構成，卻完整具足的特別家族。可能是這樣，我才會對你講一些本來並不準備向任何人透露的事，好像，好像自然湧現的乳汁，我只能用我生命的祕密哺乳你。」

16

時澄是在非常意外的狀況下知曉了姑姑的祕密。

由於鴻史的影響，時澄對學校生活、成績、學歷都抱著一種懷疑和輕蔑的觀點。他耽讀喜歡的各類書籍，唯獨對好像只是為考試而存在的教科書不屑一顧，因此時澄在學校的成績又變得低迷不振，到了高三，父親開始憂心未來的大學入學測驗，對時澄逐漸施加壓力，唯一的效果是，父子關係也跟成績一樣維持低迷。

時澄開始有回國的打算，不為別的，只想逃離眼前的壓力和困境，但並沒有真正下決心，因為有鴻史，他狠不下心。

沒想到居然是鴻史首先向他提起，他想再度休學，遠離東京。他並沒有向時澄說清楚他的理由。

這倒幫時澄下了決定，好像報復似的，他立刻回道：「正好我也想離開這裡。」

他馬上去找姑姑，說他想要回台灣。

他先找姑姑談，原是希望聽聽姑姑的意見，更需要她幫忙過父親這一關。

姑姑表示理解，而且居然輕易說服父親放人，或許父親對時澄也動了放棄的念頭。

姑姑幫的忙不僅止於此。時澄父子當年並不是經正常管道出國，所以如何順利回國成為高難度的技術問題。姑姑在日本多年的人脈這時派上了用場。一個和台灣當局關係匪淺的右派國會議員出面，時澄和父親同時取得一本新護照和入境許可。那個國會議員，就是時澄剛到日本還住姑姑家時，在夜遊的路上所見，和姑姑一起坐車回家、醉躺在姑姑腿上的人室生演吉。室生演吉很年輕就當選議員，後來又連續當選好幾屆，還入過閣，好像是擔任國土開發廳長官之類的二級部會首長。

時澄返國之前，記得是四月下旬，姑姑邀請時澄和鴻史去她店裡玩，算是餞別。時澄雖然不用猜也知道姑姑大致在從事什麼行業，但這些年姑姑既未主動談起，也從沒帶他去過工作的地方，這是第一次。

姑姑解釋兼歡迎的說道：「因為以前你未滿十八歲，現在合法了，恭喜你啦。把你們最好的衣服穿來吧。」

姑姑的店開在代官山，與人潮洶湧的澀谷只有一站距離，卻充滿住宅區的閑靜。時澄和鴻史先約好，然後一起前往，地方並不難找。姑姑說那一帶只有他們那條街種的是法國梧桐。

天色尚未全黑，但許多房子的燈已經先開了。按照地址，他們走上一棟商用大樓的二樓。門口的店招好像羅丹「地獄門」的縮小版，一尺見方泛黑的青銅板子上，浮雕著若干表情扭曲但姿態優美的人體，中間鑲嵌螢光色的店名：孔雀藍 'ANTI-SUTTEE' 和銀灰「不貞」等字樣。時澄向鴻史做了個鬼臉。

一進門，迎面來了一個膚色黝黑、從任何標準來看都是一流的兔女郎，非常殷勤地帶領他們就座。果真是這樣的店，時澄想，那種連開瓶都要付出高額代價、收費像搶錢的酒廊。

店裡的布置以冷色調為主，但照明非常考究，所以整體感覺還是溫暖而舒適。除了吧檯的一排高腳椅外，總共才十一、二張桌子，用深色系的沙發組區隔開來；已經來了兩桌客人，姑姑好像就在那邊接待他們。吧檯在入口右方，靠裡邊則是一個小小的舞台。

不久一個有些骨感的美少女穿著無肩帶的緊身黑色禮服一路笑著走來，和他們坐在一起。

「我叫悌娜，請多指教。」然後看著時澄說：「想必這位就是時澄君了？聽說是一位還沒長鬍鬚的美少年。」時澄一聽窘得什麼似的，急忙搖頭。鴻史在一旁看了直笑，時澄狠狠瞪他一眼。

悌娜又問：「那麼這位是……」她的日語發音聽得出一些外國腔。

「我叫川上鴻史，請指教。」

時澄看鴻史正襟危坐的樣子，也禁不住笑了出來。

悌娜說：「媽媽等一下就來，你們先吃點什麼吧。」

兩個人拿菜單研究了半天，大部分都是在討論定價，雖然今天姑姑作東。結果兩個都點了地中海風味的海鮮料理套餐。姑姑先請人送來一瓶白酒，他們邊喝邊吃前菜；等主菜上來的時候，他們已經覺得七、八分飽，幸好主菜簡單、清淡而精緻，他們充分享受了新鮮魚介的甜美和橄欖油濃郁的香氣。姑姑時而過來和他們講幾句，又走開去忙別的事。

用過餐，他們又喝了些紅酒，除了悌娜，又有分別叫安娜、海倫娜、雷姬娜的一干美女輪流來陪他們。

「請問，」時澄對悌娜說：「那麼我姑姑又叫什麼『娜』？」

悌娜不假思索地說：「台灣娜。」

「真的？」時澄驚訝地說：「不是有點太滑稽了嗎？」

悌娜正經地說：「確實很滑稽。我以前叫菲律賓娜。」她看兩個人聽得一愣一愣地，突然哈哈大笑，說道：「騙你們的啦，她叫米娜，不過我們通常叫她媽媽。」

原來成蹊姑姑「花名」米娜，時澄以前並不知道。悌娜又低聲快速地用閩南語跟時澄說：「我是宜蘭人啦。」

陸續又進來不少客人，但沒有像時澄這一桌這麼年輕的，大家的說話聲都不大，氣氛還不錯。八點起，舞台上開始現場演奏雷鬼，兩個日本人模樣的負責低音大提琴和擊鼓，另一個看似加勒比海人，是鋼琴手。到了九點左右，客人已經坐滿，只剩下吧檯還有幾個空位。

姑姑又走了過來。時澄對她招手，說：「嗨，米娜！」姑姑聽了裝出一副苦笑的臉，然後坐到他們中間。

鴻史說：「生意好成這個樣子？」

姑姑說：「託你們的福啦。景氣不好的時候，還不是跟著喝西北風。這幾年算是比較穩定了。六本木那邊還有一個大老闆，說要提供一個比這裡大一倍的店面，叫我過去和他合夥，我想都沒想就回絕了。」

「為什麼？」時澄問。

「為什麼？很簡單，因為我是個嚴重的種族歧視者，六本木白人太多了。不知道為什麼，我就是喜歡有色人種。」

「白色也是顏色不是？」時澄問道。

姑姑掐了一下時澄臉皮，「你少找碴了你。好戲馬上要上場，你們等著瞧吧。」說著又走開去。

所謂好戲，在九點半左右開演，看了半天，不過是幾個扮相豔麗已極的美女出來唱唱跳跳，有香頌，也有演歌，有時獨唱，有時群唱，仔細看就是剛才那幾位什麼娜的，如此而已，倒是許多客人好像看得如癡如醉，鼓掌、叫好聲都很響亮。時澄覺得有些失望，看看鴻史，還好，滿專注的，也許只是禮貌性裝裝樣子。

姑姑突然又出現，彎下腰問道：「怎麼樣，還喜歡嗎？時澄好像不太滿意的樣子。」

時澄急忙說：「哪裡，還不錯嘛。對不對，鴻史？」鴻史在一旁猛點頭。

姑姑丟下一句話後又轉身走到別桌。

「他們可都是男孩子哦。」她說。

時澄和鴻史面面相覷，然後張大雙眼重新望向舞台。經過姑姑一點，時澄竟然滿眼是全新的觀感。他一方面覺得新鮮，也有些不好意思，而且開始感受到舞台上的異樣風情，以及聚光燈下表演者一舉手一投足所產生的微妙魅惑。舞台上還是同樣一批人，以大致同樣的化妝，表演大同小異的歌舞，但是為什麼一經被告知他們的性別，同一個觀看者卻會有完全不一樣的反應？時澄自己覺得非常納悶。

當悌娜再一次回到他們這一桌，時澄和鴻史一改剛才的靦腆和漫不經心，像在觀察稀有動物一樣把他從頭到腳看個夠，可是悌娜除了聲音比一般女性低沉，外表上一點也看不出任何男性的特徵。

悌娜對他們眨眨眼睛，「看什麼？我是頭上長角還是胸部有三個乳房，怎麼這樣看人家？」

鴻史趕忙別過頭，時澄還是歪頭晃腦皺眉看個不停。

「哦，我知道了，媽媽把我們的祕密都告訴你們了，嗯？」

時澄點點頭。悌娜抓著他的手到禮服裡面觸摸胸部。

「是男生的還是女生的？」悌娜問他。

「女生的。」

悌娜又將他的手放到兩腿之間，時澄有些畏縮。

「這裡呢？」

「男生。」

悌娜說：「很尷尬對不對？我已經服用女性荷爾蒙相當一段時間了，醫生也說情況很好，再過些時候或許就可以成為真正的女人了。」然後「她」改用北京話說道：「就像媽媽做過的事情一樣。」

「啊！」時澄突然大叫一聲，連忙坐直起來，喘了一口氣，也不管鴻史了，囁嚅地

17

兩個眼光銳利的船伕從平頂的高丘「枚薩」上又發現了一座墳墓，它坐落在高丘的東面，一個較低的平台上。

墳墓是個長方形，將磚塊一樣堅硬的黏土掘到兩英尺多深，觸到一個木蓋；移去了板蓋，就看到棺木正緊緊嵌在黏土槽裡。棺材的形狀帶著這個水鄉獨具的特色——它和一艘普通的獨木船正好相似，只是把船頭船尾截去，裝上豎直的木板。

我們急切地想看一看這個安眠中的不知名死者。一層毛氈把屍體從頭到腳蓋住，這層遮蓋已經柔脆到極點，一碰就粉碎成塵。我們小心地將蓋頭部分除掉，於是看見了一位玉容宛在的沙漠女王，樓蘭和羅布淖爾之后。

她芳年早殞，眷戀的手將她裝裹了起來，把她送到這和平寧靜的墓地，她於是在這裡安息了將近兩千年。她的面部輪廓並未被時間改變，眼瞼下垂，嘴唇上還有一絲微笑。只

18

姑姑向時澄揭露祕密的晚上，她過了十二點就提早下班。鴻史在「不貞」門口，與時澄、姑姑辭別；這一別幾乎就是永遠了，涼冷的夜風在三人之間往返奔竄，像在編織離情別緒。

送別鴻史，姑姑和時澄在漸無人跡的街道上緊靠著身子走了一段，才揮手叫車；姑姑說了一個陌生的地名，時澄沒聽清楚，但直覺車子會開往海的方向。上了首都高速二號線，一路上燈火猶然輝煌耀眼；往來的車子仍多，但走得很通暢，沒多久就置身早已恢復夜晚之平靜的灣岸地帶。車子最後停在一座被海岸防風林層層包圍的水族館。時澄納悶這麼晚了還能做什麼，但姑姑一向行事詭異，自有打算，時澄早已習慣，何況問也是白問，人都已經來到這裡。

他們在入口處等了一會兒，不久從裡面有一個人腳步輕盈地走過來，迅速開了門請他們進去。看來姑姑早前已經和這邊聯絡好，做了安排。

姑姑邊走邊向時澄介紹，這個人是沖繩與那國島漁村長大的楠，她以前的游泳教練，現在是水族館的技術顧問。與那國是日本國境的西陲，距離台灣東海岸百來公里，一年裡面總有幾天能見度特佳的時候，與那國居民肉眼即可望見台灣聳立的青色山岳。對與那國人而言，日本反而是一個遙不可及的他國。

楠知道姑姑愛海、親水、喜歡魚，答應她隨時可以為她，單單為她，開放整個水族館。時澄想，他們一定有非比尋常的交情。

楠穿得很簡潔素淨，有著習於親近大地的人特具的寡言和安篤感；他的體態令人聯想到陽光下的救生員，優雅的骨架和肌肉，勻稱而收斂。

水族館是一棟有如特大型蒙古包的玻璃穹頂建築，約莫十層樓高，遠望好像在夜色覆蓋中發出深藍幽光的大氣泡。當他們走進玻璃屋大門，立刻嗅聞到一股有如自深海湧出的潮濕溫暖氣息。楠將照明打開，這才看到環繞著他們的，是一座超級甜甜圈般圓筒形的透明水族箱，有如科幻影片裡面的幽浮一樣從他們四周的黑暗中浮現。

楠在大廳中央為他們準備了兩張椅子，讓他們可以慢慢觀賞，然後將主照明關掉，只留下水族箱的照明，就禮貌地告退。臨走前跟他們說，水槽的貯水量超過兩千噸，裡面單是鯖科的大型魚類像鮪魚、鰹魚就有一千五百條以上。

關掉大部分的燈火後，夜空的星群在玻璃穹頂上方再度顯影。他們無言地坐了，定睛注視著四處迴游的魚群，在天空底下、大地之上，好像漂浮的夢。

許久，時澄的問話打破沉寂，他說：「魚都不睡的嗎？」尾音在室內迴響。

姑姑先是沒有回答，等了一下子才聽她說道：「怎麼不睡？你以為魚也要枕頭、棉被，穿上睡衣數羊，這才叫睡覺嗎？」

時澄說：「在水中睡覺的感覺一定很舒服。」

姑姑說：「當然啦，要不然嬰兒在母親子宮的羊水裡睡了九個多月，出生的時候為什麼哭得那樣傷心？」

說話的時候，兩個人的眼光都沒有離開水槽。

姑姑慢條斯理地說：「仔細看那些魚，牠們的身體線條，我覺得有說不出的完美；還有牠們的色彩，多麼純粹，可又是流動的，沒有人能捕捉那種顏色，我們清楚目睹牠們隨光線角度不斷幻化，卻沒辦法叫它停格，即使用畫的、拍成照片、錄下影來，都無法複製出它真實的色澤。」

「感動無法複製。」時澄頷首。

姑姑從手提袋中取出迷你瓶裝的威士忌，打開瓶蓋，先拿給時澄，然後自己也喝了一小口。

「在學生時代，那時我真的非常用功，而且急切地想了解這個世界，整天往圖書館跑，以為只要將圖書館裡面的書全部看完，就可以了解一切。很天真對不對？」姑姑轉頭看了一下時澄，「一百座圖書館的喧譁，也抵不過一朵花或是一尾魚的靜默。」

時澄閉上眼睛，網膜上彷彿有魚群的七彩殘影。

姑姑幽幽說道：「人類真的是很低等的生物。」

「對，至少魚絕對不會羨慕人。」時澄說：「就算同樣是哺乳類，人家鯨魚可以潛泳一個多小時才浮出水面換一次氣，還可以利用水的振動輕易將牠們的聲音傳到八百甚至一千多公里遠的地方呢。」

姑姑點點頭說：「鳥類也很不可思議，鳥的漂亮就不用說了，牠們天賦那種隨心所欲的精確飛行技術，人類還得打造笨重的機器、消耗地球能源、製造噪音污染，才能稍稍與牠們比擬，可是鳥類只需藉助一點點風就可以飛翔，一點點光就可以飄洋過海。一隻不盈一握的小小雨燕，每年在季節的遷移時，可以通過種種惡劣的天候，飛越半個地球。人算什麼？天生一個光溜溜的身子，要漂亮沒有漂亮，要速度，沒有，要輕盈，也沒有，在大自然裡面顯得既笨拙又脆弱，一天還得吃三餐加消夜才能活下去。」

「人靠智慧存活，不是嗎？」

「智慧是嗎？我只知道人的腦筋太複雜，用另一個說法就是，人都是神經病；你看世界上有哪一種生物，會用空洞的口號和似是而非的道德教條去殺人？」

時澄想到鴻史告訴他的有關赤軍的集體瘋狂行為，不禁嘆道：「確實只有『萬物之靈』才做得出這種事呢。」

「有一個朋友說得好，最兇猛的獅子逮到獵物，也不過就是當場用尖牙利爪撕開牠，然後嚼幾口吞到肚子裡，吃飽了就天下太平，也不會多抓幾頭留做點心；人吃肉可就沒那麼簡單了，一樣為的填飽肚子，卻要先養肥了再殺，在屠宰場，以電擊棒、磨得發亮的刀和滾燙的水伺候，到了廚房，則是細細地切，重重地剁，慢慢地燉，還要不斷變花樣，說是料理、飲食文化。誰比較殘忍，你說？」

「哇，以後吃肉一定會充滿罪惡感。」時澄語帶誇張地說：「叉起一塊肉，對它說，老兄，對不起，趕快把我們人類消滅吧。」

「這件事大概人類自己就會做。其實究極說來，要靠語言文字才能相互溝通、仰賴不斷進食才能維生的物種，都不能算高級嘛，你看植物，只需要陽光和水就可以開出各種美得無與倫比的花，還用果實枝葉滋養別的生物，有的樹可以長到一百公尺高，有的可以活五、六千年，真是不可思議呢，哪像動物，又吃又拉的。」

時澄突然好像知道了姑姑說這些話的真正用意。

「姑姑，」他說：「我不會因為知道你身體的……」他差點脫口說出「缺陷」兩個字，「身體的祕密而看不起你的。」

姑姑臉上浮現一抹微細得幾乎難以察覺的笑。

多年以後，時澄仍然清楚記得，姑姑在述說這些心境時，眼神之柔和，語氣之平靜；身處數以千計用天生優雅姿態巡弋的魚群之間，在靜謐得近乎神聖的星空之下，人只有用靈魂才能發出聲音。

玫瑰是復活的過去式

ROSE is the past tense of RISE

19

在水族館那個晚上，姑姑一開始就提起生而為人的無奈，原來只是個引子。

時澄的祖父算是入贅給祖母家的，所以結婚次年生下的大兒子，必須祧祖母的家姓，因此祖父對下一個男孩充滿了期待感，誰知道接下來一胎懷到五、六月大時祖母突然大量出血，差點奪走祖母的性命，嬰兒流產。第三胎是個女孩，生產很順利，但小嬰兒體質較弱，不久就因感染而夭折了。連續兩次意外，教祖父母傷心了很久，才又鼓足勇氣懷第四胎，沒想到竟然是一對健康的雙胞胎，而且都是男的，教祖父母喜出望外。先落地的那個是成蹊「姑姑」，另一個取名成淵，就是時澄的二伯父。之後可就六畜興旺了，祖母又連生了六個孩子，四女二男，包括了時澄的父親。

成蹊從小就認為自己和他的兄弟不一樣，而把自己和幾個妹妹悄悄歸類在一起，雖然他從來沒說出來，也不知道怎麼說才好。他只把這個念頭當作心中最大的祕密，但舉手投足之間，以及在穿著上，他會不著痕跡地與妹妹或是母親認同。有趣的是，大人對此竟毫不以為意，或許下意識裡他們認為兩個總是同進同出的小孩，一文一武或一女一男不失為理想的搭配，有時候上街，還故意將成蹊打扮成女孩，不知道的人就一路上以羨慕的語氣說他們會生，一個男孩、一個女孩，而且健康又漂亮，真福氣；祖父母就非常虛榮地感謝人家，心裡非常得意，尤其在兩次失嬰的慘痛經驗之後。

上學之前，成蹊毫無壓力地在兩種性別之間遊走，但上學以後，男女有別的客觀現實教他煩惱不已。他很自然地與女同學玩在一起，因而引起男孩子惡意的嘲弄；當然也有甜美的一面，常常有男孩子，高他幾年級的，主動充當他的保護者。但最引起他困擾的，是別的女孩子沒有而他卻有的那個東西。他一直覺得那個東西醜陋不堪，他厭惡它，可又拿它沒辦法。他記得最常做的夢是，他發現他本來就是一個女孩，身上那個多出來的東西，其實是人家惡作劇給他裝上去的，只要他穿上裙子，或是大叫自己一聲「女孩」，它就會消失無蹤。

但它從來沒有消失。到台中上中學的時候情況更加嚴重，他讀的是師生全屬男性的教會學校，因為路途遙遠必須住校。那時周圍的人包括自己，身心都起著劇烈的變化，而且或多或少開始意識到另一個身體，也許是在擁擠的車上貼身而立的異性，也許是上體育課時游泳池中不小心擦撞的同學，總會在體內產生一種前所未有的微熱，甚至發展成難以遏制的好奇心和冒險的衝動。

一年級上學期還沒過去一半，已經有人未經預告，在宿舍熄燈後，掀開他的蚊帳，鑽進他的棉被中。成蹊首先是感到緊張，有些害怕，但又不敢出聲，以免舍監和同寢室的同學知道。在黑暗中他知道來人是誰，他們多半是班上的留級生或高年級的學長，身體已經發育得比大部分一年級學生成熟。成蹊對這種事發生在自己身上，並沒有任何犯罪的感覺，對闖入者他也不感到厭惡，但是他們通常是粗魯地壓著他，急切地將手伸入他的下腹部，或是抓他的手放到他們的兩腿之間。成蹊對他所觸摸到的那個與自己有很大差別的物件很是驚訝，但這整個過程並沒有帶給他愉快的感受。他唯一的享受是在對方謹慎的狂亂中，散發出來的溫度與氣味，毫無保留地獻給了他，他確信其中一定有極短暫而微妙的時刻，可以被解讀為愛，教他感到一陣朦朧的幸福。

那是一所由來自加拿大法語區的傳教士興辦、治理的學校，佔地廣袤而且設備先進，教學態度嚴謹卻又不失活潑，當大部分的台灣學生仍在老舊而陰暗的校舍中求學時，這個學校已經有自動過濾的游泳池、電影放映室，明亮而寬敞的圖書館中有全套文星叢刊、大英百科全書、讀者文摘和國家地理雜誌，校舍之間分布著大片的綠地、各式精巧花園和大量運動設施。

熄燈後沉睡的校園是另一個世界，許多人了無睡意，熟練地溜出寢室，在陰影與陰影之間移動，在廣闊的黑暗版圖中展開充滿好奇、暴力或是淫亂的夜遊，揮霍著一時也揮霍不完的青春。成蹊也加入了夜遊的行列。

當宿舍熄燈，舍監的腳步遠去，一些門開了又關，有人成群結隊翻牆外出尋仇，主要是跟二中的；有人到不遠處一所教會女子學校獵豔、偷窺；只是為了解決快速成長期腸胃的騷動而出去吃消夜的人也不少。成蹊從未參與那些必須翻牆而去的刺激行動，他的領域是空曠的教室和走廊、反照著月色的青草地、在風中輕輕發出絮語的樹林。

來自鹿港的洪有一段時期成為他夜遊的伴侶，但洪真正的興趣是性的冒險，而他的大膽及時豐富了成蹊夜遊的內容。他會帶領成蹊攀爬鐵絲網，悄悄潛入映著些微天光、輕輕晃蕩的游泳池，慫恿成蹊裸身入水；水中能見度很低，他們像深海中視力盡失的魚，只以肌膚和毛髮觸及周遭的世界，判斷前進的路徑，感知埋伏著的危機。洪最喜歡玩的遊戲是背著成蹊浮潛，或是反過來貼在成蹊的背上。有一次他說服成蹊試著在水底接吻。他們吸足空氣後即一起沉落，等到觸了底，突然有一刻全然的靜默。洪雙手抱著成蹊的耳側，然後將他的唇輕輕放在成蹊的唇上。他們的嘴因為稍稍打開而有一股股氣泡冒出，好像是另外的一千只唇，無限溫柔地吻著對方的臉頰、鼻翼、睫毛和頭髮。也許氣泡使人發癢，不知道是誰先笑了起來，另一個也跟著笑，結果兩個人都喝了水，嗆個半死。

但洪的冒險是沒有止境的，這使得游泳池的吻成為僅有的一次美好經驗。洪會帶他到滿是異味和蚊蟲的廁所，在微弱的燈光下看著一本色情小冊，然後要成蹊幫他達到高潮，讓成蹊覺得很無趣，只想趕快回去。他還曾經打開輔導室的窗子爬進去，讓成蹊在外面把風，然後從容地在他最討厭的一個教官辦公桌上撒滿精液。有一次黎明時分，成蹊突然驚醒，看到洪彎身跪在他的腳邊，正拿一條冰冷的毛巾在他的肚腹上擦拭。原來洪在成蹊熟睡中掀開成蹊的棉被，拉起他的內衣，褪下他的底褲，想必是一邊看著成蹊的身體，然後兀自把玩自己那不馴的小獸，最後傾洩在成蹊半裸的身上，才拿了成蹊掛在櫥櫃旁濕濡未乾的毛巾料理善後。那時天色已經大亮，是起床鈴聲即將響起的時刻，成蹊對洪那種盲目奔放的激情感到非常驚訝。那一陣子，他看到洪的臉都覺得好像看到性器。

那些在夜晚降臨成蹊床上的人，包括洪，白天在校園遇到並不會主動和他打招呼，有的只是難以確認的友善眼神。成蹊多次聽到他們興奮地與其他同學談女孩子，他也知道其中有的正和別的女校學生通信，有的已經有要好的女友；他們當他是臨時代用品，視他為女性。這本來與他的性別認同一致，他似乎應該感到高興才對，然而他反而要接受更多煎熬。

二年級的時候，成蹊自己的身體也有了顯著的變化，而且開始會主動注意別人。那年聖誕假期，住校生多半都回到外縣市的家，成蹊因故留了下來。假期第一天，他看到素有好感的三年級學長楊一個人在打籃球，於是加入了他，兩個人打得挺愉快，還一起去洗澡。那時天候已經很涼，但長假依例不供應熱水，兩個人在空曠的浴室中放聲大叫，覺得非常刺激。當晚寢室熄燈後，彷彿默契般，楊輕輕滑進成蹊的被子裡，也許是天冷的關係，成蹊第一次因為別人溫暖的擁抱而顫抖不已。楊有別人所沒有的溫柔，而且很少採取主動，對成蹊而言都是嶄新的經驗。他們一起度過一次快樂的假期。

假期結束後，學校一切恢復正常，但成蹊並未恢復，他無時無刻不想到楊，一下課就到楊的教室附近，看能不能見到他，和他打聲招呼。要是碰到，成蹊就興奮地走上去與楊攀談，他那時的心境，他所表現出來的語氣和神態，想必是完全的女性，然而楊每次看到他，表情立刻顯得很不自然，和成蹊說話也是心不在焉。成蹊有些困惑，但他又試了無數次，結果總是差不多。

學期結束前，楊約他放學後到聖堂後面的教會墓園講話。那裡種了幾排羊蹄甲，草坪整理得非常美觀，但很少人在那邊走動。楊用不太準確的語句，吞吞吐吐地向成蹊表白，他們之間的關係不應該再繼續下去，而成蹊在同學面前所表現對他的好感，教他非常困擾。楊說他一直很欣賞成蹊，但聖誕節期間的親密，只是一時衝動，他把成蹊當作想像的女友，然而成蹊畢竟不是一個女孩。

「如果我是呢？」成蹊問楊。

楊雙手抓著成蹊的肩膀，激動地說：「清醒一下，你是男的！」

楊又說，不管是他愛上成蹊這樣一個男孩，或是成蹊堅認自己是一個女孩，「都是不正常的」，而且會成為同學的笑柄，被人當作怪物。他一再勸成蹊，非常溫婉、憂心忡忡地要他「改變過來」。

暮色籠罩的墓園中，兩個人的影子被拖得長長的，通過草坪，映在聖堂潔白的後牆之上。成蹊大部分時候都是無表情地沉默著，只偶爾浮出一朵慘澹的笑；想必也就是日後她在向時澄述說這段陳年往事時那種平靜而無奈的容顏。之後，兩個人在校園中謹慎地保持距離，不久楊就畢業了，聽人說考上一中。不知道是否這件事的影響，成蹊在高中時代把自己的心完全閉鎖起來，變成一個不太與同學交往的孤僻者，但他越來越確定他體內那個女性才是真正的自己，卻也長期為背負一個偽裝的軀殼活著而痛苦不已；沒有可以講話的人使得他的痛苦又加強好幾倍。他仍會被男性吸引，但並沒有太多性方面的衝動，他渴望的只是一種帶著安全感的親密，以及有人可以善意地理解他、體貼他並分享他的祕密。這個渴望在那三年從未成真。

到台北上大學以後，他開始積極地到每一個具規模的圖書館查閱所有可能解開他身心之謎的書籍。他很快得到初步的答案，也知道一些想要改變現狀必須走的正確步驟。他鼓起勇氣到台大醫院接受診斷，才知道與他有著同樣困擾的人不少，他們並非嚴格意義下的病人，只能說是上帝惡作劇——也可能是失手——的產物。經過幾次會診後，醫師告訴他，他的性別認同非常明確，他體內那個女性才是真正的他，如果他願意，可以先服用女性荷爾蒙，讓外表一切屬於男性的，像鬍鬚、手腳上的體毛、較粗糙的皮膚和頭髮等特徵大致消失，等到體型都趨向一個完全的女性時，譬如皮下脂肪增厚、胸圍和臀圍加大、聲音變細等等，就可以考慮做變性手術，回歸真正的自己，「雖然，」醫師說，「這是一條漫長而艱辛的路，而且不會有奇蹟。」成蹊必須接受一個事實，即使手術再高明，他也不可能和一個天生的女性一模一樣，因為他畢竟不能生育，而且一旦停止服藥，那些男性的特徵仍然會恢復。

成蹊聽到這一切以後，對未來充滿了期待，卻沒有信心，因為他不知道要怎樣面對所有認識他的人，尤其是家人。

家人或多或少早已知道他的異樣，只是想不透怎麼回事，而且期望他當過兵回來一切都可以恢復正常。他曾經鼓起勇氣和母親談了他真正的狀況和想法，母親聽了只是哭，因為害怕，她以為這是一種怪病，也擔心兒子未來必將多歧而苦難不斷的人生之路。

母親的哀戚使得事情在家中變成公開的祕密，成蹊明顯感覺到其他家人的不安，以及對他有意無意的疏遠。沒有人來跟他談這件事，雖然他私下熱切地等待，甚至不切實際地，渴望他們的安慰、諒解與支持。當然沒有，完全沒有，除了疑忌的表情，除了逃避的眼神。

他決定暫不開始服藥療程，只是為了他的家人。這是他還做得到的一件事。他無法估計服藥之後發生的種種變化，將會對家人造成多大程度的打擊。他知道他的耐心將助他打贏這場戰役，時機仍未成熟，他仍可以等。儘管如此，大學四年過得比高中好太多了，心中少了怨懟和掙扎；他從商學系轉到生物系，也談了幾次不可能太刻骨銘心的戀愛。

20

今早出發時，迎面是冰冷的東風，我們必須在六到九英尺高的峭岸蔭蔽之下前進。一路上只看到孤零零幾棵憔悴的白楊。

我們有幾隻船上，又是咯咯的雞鴨，又是咩咩的綿羊，整個船隊彷彿是個農莊漂到水上來了。在船伕輪流接唱的歌聲中，我們可以清楚望見庫魯克塔格山淡淡的輪廓。

近五點鐘我們到達了德門堡，這是孔雀河右岸一個很有意味的地方。沿著岸邊是一片十二英尺高的段丘（terrace），呈現奇特的樣貌，因為向外開了四條平行的出路，像好幾個敞開的大門。過了這一片段丘有一道攔河壩，是四年前縣長下令修的，因為一九二一年孔雀河正是在這個地點離開了原來的河床，流入庫穆河的乾河床。

妄想的觀念以為人力可以抵制自然的變化，強迫孔雀河不要重回舊道，並像以前一樣灌溉鐵干里克四周的農田。縣長從若羌、鐵干里克、陽吉庫勒、尉犁和烏魯格庫勒徵調了四百名工人，乘夏天河水最低的時候，把五百根粗大的白楊木樁釘進河床，截流做成兩道防線。每一道木樁都排得很密，但兩道木樁之間還有一段空隙，於是工人們又用泥土、蘆葦、樹根、樹枝、石塊等盡可能填塞缺口。按照他們的想法，這項工程如果完成，河水就要被強固的障礙所阻，不能不轉向右方，以段丘上開好的四個口子為出路，簡單地說，就是很服從地回到千百年來的水道上去，而不要流入已經乾涸了近兩千年的舊河床。

但這一切都是徒然的，水還是由木樁隙縫中流過，帶走了填塞的那一堆東西；等到秋天滿潮的時候，整個攔河壩也被沖走了，大木樁滾在一邊，也不過像一堆火柴棒。

這裡就是我們在孔雀河畔最後的宿營地，也是我們看見最後幾叢活的白楊樹的地方，第二天我們就要循著庫穆河（「沙河」），也就是那個人力難以挽回的新河，一起在荒涼的沙漠中穿行。

21

大學畢業後，成蹊在野戰部隊楊梅師底下一個旅部當少尉文書官。當兵期間，他為了公事常常坐著顛簸的客運車往來於楊梅、湖口、富岡、新豐、紅毛港一帶，或是參加演習，連續幾天露宿緊臨沙灘的木麻黃樹海裡面，在風濤和浪聲中睡睡醒醒，早上起來全身都鋪著一層細沙、露水和針葉。她說，一直到退伍後許多年，即使是她說話的現在，她仍然不時夢見有著防風林的風景，荒廢的海岸地帶，清澈而沉靜的河流，紺碧的水塘，薄霧輕籠的濕冷沼澤，無人的泥土道路，歪斜在田隴之間的電杆，雲層很低的天空，每一個畫面上都塗有一層鏽蝕而疲倦的顏色，彷彿是她整個青春的寫真。

在軍隊那個以男性為主而且沒有個人隱私的社群，由於軍官身分，總算讓成蹊保有小小的私密空間，他自己有一個小房間，寢室兼辦公室；他可以挑人少的時候去沒有隔間的浴室洗澡，他不太敢走進一群裸裎的身體中間。旅部許多中年的職業軍人都對他很好，他當然嗅聞得出其中濃厚的曖昧情愫，幾乎每個禮拜都有人送他禮物，請他看電影，或是開著吉普車載他到處兜風。他不太拒絕這一切，但也沒有明白答應過什麼。他知道晚上常常有人在他房間窗邊門外徘徊，也有人喝了些酒，會來找他聊天，盡說些不著邊際的話，在他的房中坐到很晚，才廢然離去。還有一次，成蹊唯一在軍中過的一次除夕，一個常幫成蹊理髮、來自河南的補給官當眾抱著他號哭了很久，周圍的人無不神色慘然。

服完兵役，因為老師的介紹，成蹊前往位於台南的水產試驗所當研究助理；第二年，他得到一個前往沖繩研修的機會，第一次離開台灣，不過也沒有第二次了。在沖繩研修期間，他申請到京都大學的入學許可，研修計畫一結束，即北上日本內地就讀。他在京都大學的課業並不順利，他發覺自己並不適合成為一個學者；經濟的困窘也是原因之一，那個年代一般人從台灣要匯款到國外幾乎不可能，失去家人的接濟，成蹊必須獨力應付生活所需，但那時也不流行工讀，最後只有中途輟學，開始就業，幾經流轉，但是再也沒有履踐過故鄉的土地。

22

當太陽落在一片燦然的金色和深紅中，餘照的輝煌鋪滿了這古老的荒原時，我們將船停靠在一處燃料豐富的岸邊，紮搭帳篷，燃起營火。

用過簡單的晚餐，滅熄了營火，在帳篷中躺下後，有一刻完全的寂靜，好像要讓夜晚重新安排它的舞台：風的走向，雲的排列，潮水的高度，星宿的坐席。

事實上並沒有真正的寂靜，就像我們從沒喝過一口沒有味道的水，寂靜自有它的聲音，只是不易察覺而已。我凝神傾聽寂靜之聲。

我彷彿聽見外面夜深的人語，不知道那些墳墓間絮絮說的是些什麼事情。我聽見了那些古水道木槳撥水的聲音，而那些水聲慰藉著乾燥荒涼沙漠中往來的行者。駝隊的鈴聲由遠而近，駱駝行列發出嗅到湖畔青草地的興奮喘息聲。清脆的蹄聲來自驛丁的快馬（我在三十年前第二次到樓蘭時曾經發現許多他們所傳遞的書簡與覆函），沉重的車輪聲響自遲疑走向戰場的隊伍，中間夾雜鐵器交互觸擊、羽箭離弦以及禽鳥驚嚇的撲翅聲。還有遠處湖畔那座蜃氣樓般存在的大城每個季節多變化的慶典中狂歡的鼓聲。

然而有一天，那生命所依的河流更改了它既定的行程，把它所運載的水傾注到沙漠的南部低窪地帶，造就另一座湖泊，好完成它以千年為單位的又一次遊戲，帶著惡作劇氣味的，充滿頑童的天真和殘忍的遊戲。

在古墓上空永恆星光的注視下，樹木、青草、道路、溝渠、整齊的田疇、結實纍纍的園林瞬即乾枯凋零，青春、愛戀、繁華光影隨著背景色彩的幻滅而被逐一遺忘，慶典的歡聲被沉重的靜寂之聲覆蓋，死亡再度死亡。

23

成蹊在找工作準備就業時，被報紙人事欄中徵求Sister-Boy或Mr.Lady的內容所吸引，毫不遲疑地踏上他人生的全新旅程。

他第一個工作是大阪浪速區一家酒吧的侍應生。那時他尚未開始注射或服用女性荷爾蒙的療程，雖然試著改穿女裝，但感覺完全不對，皮膚沒有天然的光澤，鬍鬚再努力也刮不乾淨，必須用濃妝來掩飾一切，令他感到很不舒服；在那樣的店裡面，他顯得太男性化了。他的女性裝扮只有在上班時，離開酒吧，他仍然是一身中性但偏男性的打扮。

正好那時有一個法國的表演團體Blue Boys前來日本巡迴演出，讓已經溫飽無虞開始知道追求刺激的民眾第一次見識到扮裝皇后（drag queen）詭異的魅力，在各大城市造成不小的震撼與騷動，媒體大肆追蹤報導，成蹊當然也注意到了，不但去看了表演，而且跑到他們住宿的飯店，透過Blue Boys的日本經紀人和其中一個團員談了話。

這個團員是Blue Boys中唯一的完全變性者，在那次談話中，成蹊拿到一張非常特殊的名片，不是因為名片上的法文和阿拉伯文，而是因為他手上拿的是摩洛哥卡薩布蘭加一位有著像魔術師或煉金術士般神祕名聲的醫生所印製的名片。

這張印上燙金的奇異字體、微微發皺的名片，對成蹊而言，有如開啟天國之門的鎖鑰。然而卡薩布蘭加也跟天國一樣路途遙遠。據給他名片的那個叫卡洛的團員說，這個醫生刀法俐落，但收費也毫不遲疑；在摩洛哥，不像歐美或日本，他可以無視任何醫藥衛生當局有關變性手術的嚴格規定，只要將高額的手術費繳清了，他立刻替上帝的瑕疵品進行偷天換日的大工程，而且以極高的成功率聞名。

成蹊在大阪和神戶的夜間俱樂部辛勤工作了將近四年，並沒有積蓄多少錢，他不夠女人味的樣子在那邊不太吃香，他的存在，好像只是用來襯托別的紅牌同事有多迷人、多不可思議，所以底薪一直很低，小費也少得可憐，然而他已經快三十了，他不知道如果必須等到四十甚至五十歲才能接受夢中的手術，到底還有沒有意義。

因為一位同事的引介，讓他得以從打不開局面的關西轉移到他所能想像得到的最後陣地——人氣鼎盛、擁有東京和橫濱兩大國際城市的關東地方；他前往東京歌舞伎町二丁目一家高級的異質俱樂部「雪姬」實習。「雪姬」的主人慷慨地預支他一筆錢，讓他可以開始藥物療程。他所找的醫院雖說是私立的，但主治醫師仍然非常謹慎，非得要他先進行一連串的心理諮詢和會診，確定他並非突發奇想，或是有其他非自然的因素，比方為了販賣這個與眾不同的身體，或是為了滿足他所深愛的男人變態的願望。他一一通過各種測試，而且正式向衛生機關和戶政機關報備。

他開始接受女性荷爾蒙注射，並輔以口服的藥劑；他耐心地等待，雖然時間從來沒有站在他這一邊，但只要行動開始了，他知道他的命運事實上已然逆轉，不管最終的結果如何，他都會對自己、對這個世界報以滿足而感激的一笑。

他身體的變化不是用感覺的，更是看得出來的。他的鬍鬚像貧瘠土地上的作物一樣減緩了生長速度，最後退化成稀疏的絨毛，但頭髮卻更為茂密；他的皮膚好像被裡外都技巧而均勻地塗抹了一層上好油脂似的，比過去明顯地更富有彈性、更加細嫩。體型的變化也讓他覺得有些誇張，全身宛如被重新捏塑過一般，整體的線條柔和起來，胸部有些微隆起，乳暈更加明顯；尤其是臀圍的擴張，每一次照鏡子都要搖頭大笑，雖然這並不是什麼滑稽的事。

他讓生活進入完全女裝的狀態，開始認真學習化妝技巧，對髮型、服飾搭配都細心地處理，並逐漸釋放原本還有些被無意識地壓抑的女性本質，於是走路的姿勢、舉手投足都呈現迥異於以往的味道，甚至還慢慢發展出獨自的風格來。

他讓自己習慣女用內衣和女廁，在公共場所被更多眼神注視、逃逗，進出電梯被男性禮讓先行，搭乘公車、地下鐵被一些穿著體面的中年上班族有意無意地磨磨蹭蹭，三天兩頭胸部、臀部、大腿內側就要被毛手毛腳一次。

常常，不管他在哪裡，在做什麼，路上走著，坐在車上，看到路旁某種顏色，或是夢中醒來，突然就會有一陣難以形容的波紋自身體的深處湧現，如漣漪般傳遍全身，一次又一次，有時他會覺得這就像遠古的一尾魚，終於被波浪簇擁上火山活動已經趨於沉靜的海岸，目睹新世界的黎明一樣，他蠢蠢欲動的身體也正在迎接另一次生命之晨。

在「雪姬」的工作，他從實習階段過渡到正式可以周旋於客人之間，而他微帶生澀稚嫩的應對和非日本人因而具有的異國情調，迅速為他招徠了各色各樣的仰慕者。他的收入暴增，但他除了基本開銷之外悉數存入銀行帳戶。通往卡薩布蘭加之路的每一吋都是要用鈔票鋪起來的。學習法文也成為他的日課，老師是一位從里昂來到日本，在千葉左倉的勝胤寺習禪的少女。

這時他認識了室生演吉，當時最年輕的眾議員，二十八歲，由高松縣選出的。演吉的祖父丑之助是明治維新時期的著名教育家，尤其致力於女性接受普及教育的事業；與演吉父親同父異母的伯父戰前擔任過眾議院副議長。演吉的父親則一直在金融界工作，三〇年代還曾任職於台灣銀行，演吉就是在彼時出生於帝國國境南方邊陲的首府台北，一直住到八歲才隨家人回到內地。

演吉第一次是由眾議院的同僚帶他來「雪姬」的，作陪的還有一些外貿商社的幹部。那一次成蹊和演吉並沒有交談，只有在互相介紹時留下一點淡薄的印象，成蹊很快就忘了。大約一個半月後，演吉獨自來到「雪姬」，而且指明要找成蹊——當時已經叫「米娜」。

原來演吉因為知道成蹊來自台灣對他特別注意，他們年紀相當，演吉彷彿遇見童年玩伴一樣，和成蹊熱切地交談，話語中還刻意夾雜記憶中僅存的少許閩南話。成蹊看到的演吉卻是一個有著年輕臉龐的老人，在家世、輿論和公職生涯的多重壓力下，他必須快速地成熟，他的說話和笑容都透露一種衰老的氣味。

成蹊心疼地為他精心描繪一幅連他自己都陌生的童年圖像，讓演吉激動地沉浸在虛構的鄉愁中，彷彿可以藉此排解作為公眾人物難以承受的壓力，以及一種莫名的倦怠。成蹊身體的神祕演吉並不真的理解，但神祕而稀有使得演吉看待成蹊如神，何況這尊神並不像其他的神那麼難以親近，成蹊給他足夠的母親般的憐愛，演吉則愛戀著這母親般的神祇。

24

我們遵循著一條幾乎是直指樓蘭的狹窄水道，可能是人工開鑿的。沿岸生長著成簇的紅柳，這些沙漠灌木令人不由得想像是古代為了蔭蔽行駛獨木船的人而栽種的。然而水道不久就告中止，變成一片非常寬廣的水域，中間點綴著紅柳樹林和蘆葦蔓生、大小不一的島嶼。

陽光熱得灼人，還好有一陣很清新的東北風微微吹來，使我們在湖上得以順風而行。隨著船隊的前進，兩旁的水漸漸變得渾濁起來了；湖中大部分水域都很淺，陳宗器用測錘量得最大深度是五呎十吋。

我們沿著蘆葦沼澤走，時時擦著蘆葦的長葉和稈莖，而紅柳有時也把紫色的花枝垂到我們頭上，鷗鳥驚呼著掠過眼前，牠們在樓蘭的曲折水道上是未曾見過獨木船的。

我們在十二點半就抵達了這湖的南岸，卻找不到一個小出口可以通往樓蘭。我們於是上陸，派遣巴貝丁往南、薩狄克往西南方向去探路。上陸的地點就成了第八十六號營地，作為探訪樓蘭旅途的最後一站，至少對我而言是這樣。

雖然我也希望再度踏上三十四年前，也就是一九〇〇年三月二十八日深蒙天幸得以發現的古樓蘭廢墟，但在暑熱的砂礫大地上長征如今於我是不甚能勝任的，而且畢竟這次行動的目標是羅布淖爾。陳則是急切於繼續前進，我也私下祈願能夠藉著他青春的精力，把他與赫內爾在一九三一年作的地圖，和我自己在一九〇〇及〇一年的旅程聯繫起來。他在黃昏出發。

天黑之後，新月的光清清朗朗地照在荒漠上。賈貴和阿里睡了之後，我在爽適的夜涼中坐著寫了很久。一種詭異的寂靜籠罩了一切，只有一隻夜鳥的鳴叫聲不時傳來。

現在我們考察團的成員分散在七個地方：尤、龔和艾飛正在赴敦煌途中；朱姆察、依拉辛和兩個少年留在七十號宿地；郝默爾博士在庫穆河上游工作；貝格曼在七十號宿地南方沿河的湖沼附近工作；嘎嘎林和三個船伕在八十號宿地；陳徒步前往樓蘭，薩狄克、羅濟和巴貝丁自願陪著陳前去，而我在八十六號宿地。

幾個移動中的工作組合都必須依靠自身的力量歸隊，在堅硬的沉積黏土地面上留下的足跡並不分明，而荒漠中的景物放眼望去都是一個樣子，如果他們迷失了道路，將沒有人能找到他們，及時給他們送去食糧和飲水，營救他們脫險。如果有一天我終於不得不棄他們於不顧而逕自動身啟程……這個想法使我不禁戰慄起來。

我不知道什麼時候所有人能夠再度聚齊，而且都平安無事。

我向自己，也向恆常俯視著我們的天神和正好路過的地祇拋出這個問題。

25

在「雪姬」的第三年，再眼尖的人也不會錯認他的性別了，對周邊識與不識的人而言，他已經是個完全的女性，他自己也只有偶爾才會意識到身上殘餘的那個遺憾，但他期待去除這個遺憾的心情並沒有緩解，反而更加迫切。那年秋天，演吉應法國方面邀請，前往考察造船業和汽車製造業的現況，成蹊決定同行。他的主治醫師同意他可以接受手術，但對於前往摩洛哥一事則頗為保留，認為那跟接受一個非洲巫師的野蠻割禮一樣危險。但對成蹊而言，摩洛哥雖然不是唯一的選擇，卻是一條最快的路。這時他的積蓄也夠了。

行前，演吉幫他辦了兩本護照，一本是男性成蹊的護照，另一本護照上面，照片和性別一欄都已改成女性。

在法國期間，成蹊並不參與演吉的公式行程，但演吉拜會活動的空檔，他們還是一起度過許多愉快時光，在巴黎和馬賽逛街、看表演、到普羅旺斯地方的葡萄酒作坊喝新釀的酒，吃美味的乳酪、燻腸和鄉村料理，又曾接受演吉父親一位好友的招待，到維琪附近的一座古堡住了兩天，他們在那裡模仿熟知的影片情節，認真地念著台詞，和男女主角一樣歷經愛的狂喜和死的哀慟，虛無的滄桑。這一切，成蹊想，或將成為他們自己的馬倫巴。

然後成蹊單獨踏上前往摩洛哥的未知旅程。這一條路沒有人能夠作陪。

26

早上醒來，放在枕畔的一杯茶有一種清新的涼意，但難堪的酷熱不久又降臨了。

我叫賈貴把帳篷四邊都吊高，好讓風吹進來。湖邊的天氣又不同河上，河上是不患酷熱的。

一整天我畫著四周奇異的風物以縮短等待的時間。下午七點半，賈貴和阿里在一個雅爾當頂上燒起一大把烽火，並且向南方和西南方向凝神瞭望。他們又大聲喊叫，但得不到任何回應。八點之後落日的餘照完全消失，只有烽火繼續燃燒，橙色的光暈染著周圍的土地，雅爾當的脊稜在黑暗中浮現黃色的輪廓。

阿里請求我讓他在黎明前出發去找尋四個未歸之人，我不置可否。第二天我在夜一般的寂靜中醒轉，阿里已經不在。

27

成蹊在一片涼意中抵達卡薩布蘭加，但白色的街道、喧鬧的市集、穿長衫的蒙面婦女、高塔傳來提醒人定時祈禱的叫拜聲，和偶爾從沙漠吹過來燥熱的風，夾雜著疑似駱駝糞便的味道，提醒他這是一塊叫非洲的大陸。

那家醫院在新城區，並不難找，是一棟潔淨明亮的現代建築，而不是想像中有著塗白灰的厚牆、雕花窗櫺、陰暗曲折走道的房子。醫師是典型的阿拉伯人，看不出真正的年紀；他留著絡腮鬍子，說話聲很輕柔，但不善言辭，講話有些結巴，好像該緊張的人是他，這樣反而使成蹊能夠保持冷靜。他只大略瀏覽了成蹊的病歷表，並口頭和成蹊確認一些事項，包括最近的身體狀況，並沒有問一大堆「你確定要嗎」、「你不怕後悔嗎」、「你知道你在做什麼嗎」，或說要他「再慎重考慮」之類的話。最後他叮嚀一些手術前飲食方面該注意的事項，同時和成蹊敲定手術時間，第三天上午九點半。

接著成蹊到隔壁房間辦理住院手續並繳費，接待他的人一看就知道是醫師的妻子；她可不是戴著頭巾蒙著臉、不太敢和陌生人說話的阿拉伯婦女，她講話清楚俐落，處理事情透露著一種精明的冷漠。她有一頭剪短的紅髮，白皙的膚色，稍稍發福的身上穿著歐洲時興的名牌套裝。她將手術費點清之後，笑著對成蹊說，第二天晚上最好能先住進醫院。成蹊臨走，她握著成蹊的手說了一句祝福的話，意思大概是「美夢成真」，成蹊笑了。

次日成蹊醒得很早，離天亮還有一段時間，他發現他是因為興奮而睡不著的，因為這是他男性——雖然只能說是百分之一的男性——的最後一天。他打開通往陽台的落地窗，發現外頭正下著小雨，路上幾乎看不到往來的車輛；疏疏落落的街燈好像倦於一整晚的照明而顯得特別昏黃。

天亮之後雨就停了，空氣中的濕氣放盡，眼前的景物在陽光中輪廓鮮明，顏色飽滿而富於立體感，不像昨日之前所見那樣，好像整個城市都被染上一層褐黃，缺乏景深。

他在外頭幾乎逛了一整天，他實在等不及第二天的到來。離開旅館前，他請外頭一個顯然想當導遊的老實而伶俐的少年幫他把行李送到醫院，然後開始在早年阿拉伯人所建的城寨「梅地那」舊社區起伏而沒有章法的巷弄中穿行，甚至因為迷路而一再走回同一個地點但走不出去，他也只覺有趣而不慌張。他和許多好奇的眼光擦身而過，那些眼光無一不是深邃而美麗；耳朵裡面滿滿是陌生聲音，尤其有些婦女發出的高亢奇異腔調，他聽了盡是感到快樂；各種味道在空氣中飄盪，炭爐中烤著的餅，櫥櫃中不知名的香料和草藥，窗台上的花，羊圈的堆肥，薄荷香的濃茶，微焦的咖啡，摩爾澡堂的蒸汽，呼嚕呼嚕響的水煙，剛洗好晾晒的衣物，他都禁不住貪婪地嗅吸著；只有經過皮革加工廠和染色廠時，必須像當地人一樣將搓揉過的薄荷葉塞在鼻孔裡面，以免被難以形容的惡臭嗆倒。

他又順著兩旁植了椰棗和橄欖的小路走到郊外的高地，躺在一棵大無花果樹下午寐，醒來後坐在面海多風的墓園凝視不遠處深藍的大西洋，哼著不成調的歌。他整天都沒有進食，也不特別想吃什麼，下午三、四點太陽的方向飄來一些厚厚的層雲，氣溫陡降，才覺得肚子有些不適；正好有兩個牧羊人趕著一大群羊路過，成蹊向他們要點吃的，其中一個少年從兜囊中倒了一杯含有微量酒精的酸奶給他喝，不久全身遍覺暖意，他才向燈火逐漸點燃的城市走去。在抵達醫院之前，他特地繞道，在貧民區的一座清真寺前廣場稍作布施。

第二天，他在約定的時間準時被推進開刀房。施行全身麻醉時醫師的妻子在旁邊握著他的手，臉上帶著祝福的笑意；再次睜開眼睛，好像只是一瞬，但人已在病房。房中的黑人年輕看護告訴她，手術歷時將近九個鐘點，她離開開刀房的時間是下午六點多，而現在是晚上八點過了。

也許下半身的麻藥未退，她並不感覺疼痛，但無法動彈，好像身體有一部分凝固成為岩塊，僵硬而沉重。然而她的心情卻是輕快的，雖然已經疲憊得連微笑都不能。那一夜，她睡睡醒醒，做了好些夢。

在一個夢境中，她仰面漂浮在一座被雪山圍繞的湖上，身旁有各種巨大但不知名的水獸游來游去，對她絲毫不以為意，她也清楚知道牠們不會加害於她，但她總覺得水下有什麼東西一直以利爪或尖牙用力拉扯她的下半身。

她還夢到一個女人一直在哭，四周都是好奇的路人，一開始她並不知道這個女人為什麼哭得這麼傷心，後來終於聽清楚了，原來這個女人身上突然長了男性的性器官，她還掀開裙子展示給大家看。成蹊很想走向前去告訴那個哭泣的婦女，只要去警察局登記就不會有事，但她不敢，因為她怕大家認出她自己就是上一次在路上大哭的人。

半夜，她的下腹部開始有劇痛間歇襲來，而且微有尿意，看護過來幫她處理，她才知道那裡裝了一支臨時導管。原來的輕快心情突然轉為狂喜。

成蹊在手術後第五天開始起床活動，待三個星期後出院時，她已經能夠自由走動，只是時間不許太長。她在鄰近卡薩布蘭加港埠的青年旅館又住了一個禮拜，那個禮拜多雨，她好像一個新生的嬰兒般，好奇地看著這個位於乾燥邊緣的潮濕世界，好像她從來沒有到過這個城市。

有一天天色剛暗下來不久，她在梅地那又迷了路，彎彎繞繞，不知怎的竟繞進了人家的院子，也許是後院，那裡有一口水井，從屋裡透出的昏黃燈光，照射在一個正在嘩啦啦的水聲中沖澡的男性裸體上。黝黑的膚色上都是光滑的水衣，使得他的身體閃閃發亮看起來好像剛鑄成的青銅雕像。他雖然瘦而高䠷，手臂、雙腿細長，卻有著勞動者賁起的肌肉，使得他的背脊、腰部和臀部的曲線充滿強烈的魅惑。成蹊在暗處驚心地看著，突然下腹部有腫脹的感覺，第一個念頭仍然以為那是勃起，很快她就笑起自己來。她這才了解這個醫師之所以名聞遐邇的原因，而且確定自己體內那個改頭換面的部分仍

28

上午十一點，我再上個很高的雅爾當去，想要用望遠鏡做一次搜索，還沒走到頂上，就看見一個疲乏的身影正走向營地。我起先以為是阿里，但接著又出現了三個踉踉蹌蹌的人影，才知道是陳宗器和他三個侶伴。看見他們安全地回來，我彷彿噩夢初醒一樣。

我讓這些疲倦而狼狽得說不出話來的人好好吃了頓飯，然後要他們休息。陳非要先跟我談所見到的材料，等談話告一段落後，我讓他趕緊躺下。他很快就像一個小孩一樣睡熟了。

往樓蘭的路途比我們預計的要遠，不是七英里半，而是十一英里。他們到出發後次日的下午兩點十五分才抵達樓蘭，在那裡停留了兩個小時。陳爬上烽壘，從前赫內爾和他在那頂端上豎的一根旗竿還在，旗竿腳下放著一個錫罐，裡面是三年前他們留下的兩張紙，一張寫著納林博士在一九二八至三〇年直趨此一地區的探險，以及他們自己在一九三〇至三一年冬間的考察，另一張用英文寫著一些獎飾我的文字，稱我為樓蘭的發現者。陳於是又加入兩張新的，一張記載我們赴羅布淖爾的旅程，一張則是一首詠樓蘭的詩。

幾個倦極的征人幾乎整日沉睡著，天色漸黑，而阿里還是一無消息。我們燃起一大把烽火，隨後我命薩狄克、羅濟和巴貝丁第二天前往搜尋阿里的蹤影，剛才說完，只聽見一聲「阿里開爾迪（阿里來了）」，一點不錯，他已經搖搖晃晃地來到我的帳內，像個半死的人，神智都不清了。

於是這一番焦急也過去了，第二天清晨我們就可以離開這危險的湖岸，且讓樓蘭恢復它莊嚴的孤寂吧。

白晝的虛構
夜的徬徨

29

在水族館那個無以名狀的夜晚，時澄第一次深沉地思考姑姑的存在狀態。姑姑那些絲毫不帶激情的話語，意外地有著強烈的感染力，彷彿將他帶回千萬年前的洪荒，然後在壓縮過的時間風景中，讓他目睹一個罕見的物種在無邊的暗黑世紀中痛苦蛻變，獨自迎接一個又一個全然孤寂之日夜的過程；沒有人能真正觸及她的內裡，沒有人能想像她所獨自承受的體內風暴。

她以一個孿生兒之姿來到這個世界，但她的分裂並沒有結束。她是她自己的孿生。她是被自己的神祕所崇的生物，她只在一個從未存在過的時間中甦醒，現在的她其實一直是沉睡著的，這個世界只是她一個錯誤的夢。

姑姑和他在外面走了半天，如今是滿足地睡了，好像一個在兒童樂園玩累了的小孩。她說人比猛獸殘忍，但人又如何與病菌的兇惡和霸道相比呢？她的身體被侵蝕得只剩一個薄薄的空殼，她的蒼白，使她更像一具蠟模。

時澄當年離開她返回故鄉，開始了一段此生最受煎熬的歲月，現在想想，那些痛苦的總和，哪裡抵得過姑姑身上任何一寸一分的侵蝕？那是連時間、連生命之愛、連未來的夢都同時被吞噬的地獄之吻。

儘管自己的健康狀態也已經在觸底邊緣，但在姑姑面前，他自然而然恢復一向的優勢：年輕而無憂，強者，照護者，希望的權柄。不是裝作出來的，因此也比裝作更加教他耗弱。

那天，他們在晨光中離開水族館，楠還沒醒來，太白星還孤獨地留在藍色鑲嵌著紫金的天空。他們沿著堤岸走了好久，一路無語，多半各看各的風景。海提示著即將到來的離別，但時澄必須獨自咀嚼離別的滋味。他恨那些仍若無其事輕盈起降興奮覓食的水鳥；他恨對岸發電廠排列齊整的巨大煙囪兀自優雅吐納著純淨而飽滿的蒸汽雲；他恨那個在船艙中愉快地又刮鬍鬚又刷牙弄得滿臉白色泡泡的年輕駁船駕駛。

一個禮拜後，時澄帶著一顆冰冷的心回到以複雜的情緒迎接他的親人身邊，並且在久違的故鄉住了一個月。所謂複雜的情緒，可以從他們和他講話的語氣明顯感覺出來，一方面他們還沒有適應時澄已經是一個大人的事實，因為上次見到他時他仍是個小孩，其次，經過這麼多年，想必時澄已經對家族不可告人的祕密一一了然於心。以母親為首的家人盡量對他表現重逢的喜悅，但那種熱情又有些過火了，讓時澄覺得很不自在，因為這裡面摻雜了他並不以為意的，曾經遺棄他的歉意，以及將他當客人看待的疏離。

一個月後，他再次離開，到台北補習準備考大學。雖然離考試還有整整一年的時間，但面對一大堆從未讀過的教科書和參考書，他知道他只是需要一個離家的理由，至於考試，他是不抱任何希望的。

住在北投的阿姨為他準備了舒適的房間，祖母、母親、智澄、曉澄一開始幾乎天天給他打電話，母親也常上來看他，但這一切並不能阻止他與熟悉的昨日割裂的傷口開始潰爛發炎，所有的事情在他毫未準備好之前來臨，命運催促著他上路。

當他終於可以仔細想想到底發生什麼事的時候，發現鴻史不在了，而且鴻史竟然如此捨得他；姑姑很遠很遠，她對時澄並未稍加挽留，彷彿他之於她可有可無。他回到了故鄉，回到親人身邊，但一切都是如此陌生，帶著距離，他的記憶和這一切全接不上邊，他好像一個失憶者，對眼前理應為他所知的一切完全沒有感覺，欺身而來的，是台北的混亂、潮濕、悶熱、了無善意。感覺上他再次被棄，沒有人真正需要他，他對任何人都不是決定性的存在。這樣的想法，使他心情變得異常煩躁，書根本念不下去。

補習班認識的山楂說有一間空房子，他就決定搬去與山楂同住。在新生南路清真寺對面的一間瓦頂平房，隔著圍牆就是憲兵營區。他會偶爾與家人聯絡，但家人並不知道他的地址和電話號碼。有一次母親出現在補習班的教室門外，神情有些怪異。

他們到附近一家快餐店，點完飲料，母親先抱怨他三個多禮拜沒有打電話回家，接著突然以小聲但嚴峻的語氣問他：「你老實告訴媽媽，你有沒有參加什麼組織？」

時澄被問得一頭霧水，回說沒有，母親還是一直追問，甚至苦苦哀求他說實話，時澄覺得非常無聊，等母親告訴他有調查站的人到家裡問東問西，而且警告她要小心，她的兒子可能有問題等等，時澄一聽立刻丟出一句髒話，把母親和店裡的人都嚇了一跳。

後來母親向已經從外島監獄回來的伯父成淵求助，因為像他那種政治犯，想必多少會認識幾個情治系統的人。原來問題出在他寫給弟弟和妹妹的信，為了好玩，時澄故意貼五分錢的郵票，當時平信郵資是台幣一元，所以信封上密密麻麻貼了二十張郵票，當然被郵局裡面的安檢人員覺得可疑而開封檢查；正好他百般不合時宜，對台灣什麼都看不順眼，信裡面充滿批判的字眼，包括還幾次提到正發動媒體造勢準備接班的蔣經國的名字。

地方調查站的人於是到家裡去，向母親提出警告，要母親當心她這個「思想有問題」的兒子。這個警告在那個年頭足以嚇得小兒夜啼、大人便祕。家族不幸的陰影再次襲向母親。

經過這件事，時澄對現狀更加失望，而且怨懟自己遭遇這麼多錯誤的連續。被調查的事本來就子虛烏有，最後自然不了了之，卻對時澄惡劣的情緒起了激化作用。他大量蹺課，常常和同班另一個已經重考兩次的小輩到一分鐘兩毛錢的彈子房敲桿，或是一起到低調照明、搖滾樂日夜流淌、煙霧瀰漫、煮出的咖啡不像咖啡不知道要怎麼說的咖啡廳窮泡。他也常一個人前往音響奇破、畫面老是下雨、銀幕上不明飛行物體來來去去的電影院殺時間；他一直很喜歡那種從放映室小小的神奇窗口傳出來的，嘎啦嘎啦馬達轉動底片的聲音，以及底片在高熱燈泡照射下揮發的氣味。

室友山楂一邊讀書一邊在一家小貿易公司兼差，怎麼看都是時澄最愛揶揄的所謂「有為的時代青年」，早睡早起，準時上班、上課，每天洗澡，刷兩次牙，還做體操，而且不會把換洗衣服泡成臭鹹菜乾。他對時澄自然是勸了又勸，但完全處於自棄狀態的時澄怎麼聽得進，不過隨便點頭、嗯嗯啊啊應付了事。山楂有點哥哥的味道，而小鞏則比較像死黨。

他越來越常在不清場的二輪電影院度過，那種地方一張票十元同時放映兩部片子，演到半途還會插播一些沒頭沒尾、草草了事的色情片段。由於不知道插播什麼時候會突然結束，也不知道警察什麼時候會開燈取締，所以感覺得到觀眾在一片緊繃的氣氛中獲得一種和所有人成為共犯的刺激和滿足，值回票價的也就是這短短十幾二十分鐘，至於正片演的什麼反倒無關緊要了；反正那時候上演的，不是穿著民初裝扮、留著嬉皮頭的功夫高手從頭到尾打成一片的拳腳電影，要不就是穿得花枝招展的玉女和年紀老大不小的小生，扮演不知道哪個學校出來的大學生，整天玩愛情家家酒，沒事就抱幾本洋文書到海灘上或高爾夫球場以慢動作奔跑的鬧劇。

時澄也會去放西片的電影院，但這種片要是放映時間稍長，通常都被剪得不知所云，不過即使是這樣，時澄也常常在吉光片羽中看到印象深刻的片段，尤其是一些法國、英國和義大利的作品；第一次看《樂聖柴可夫斯基》和《魂斷威尼斯》就是在這個時候。

有一天他趕了一個早場，進了一家正在演拳腳片的電影院，觀眾只有十幾個人，疏疏落落坐著。開演好一段時間之後，有一個人在他旁邊坐下，右手大剌剌地放在扶手上，也不管原來已經放在上面的時澄左手，時澄稍稍退讓，那人有意無意地又將手肘擠迫著他的。四周都是空位，偏偏坐到他旁邊來，時澄頗感不爽，本想換個位置，又覺得動作太大意思太明顯，幾經遲疑最後還是保持不動。

當時澄再次進入劇情之中，已經快將旁邊的人忘掉時，突然有一隻手順勢放到了他的大腿上。時澄完全沒有心理準備，緊張得不得了，只知道移動大腿擺脫那人的手，沒想到那隻手不但沒有識趣地縮回去，反而直接壓著他的下腹部。時澄還在想採取什麼對策，那隻手已經熟練地鬆開他的腰帶，將牛仔褲的拉鍊扯下，肆無忌憚地摸索起來。時澄只敢用眼睛的餘光看他，好像是個三、四十歲留著短髮的人；在他右手忙著在時澄身上完成一連串高難度動作時，雙眼彷彿仍注視著銀幕，上半身幾乎動都沒動一下，顯然是個老手。

時澄心跳得很厲害，全身毛孔賁張，拳頭握得緊緊的，不知如何是好，決定立刻走人，正要起身，那人彷彿洞悉他的意圖似的，搶先一步，抓了時澄的左手，放到他不知何時釋放出來的堅挺肉棒上，還帶著時澄的手上下摩挲。時澄幾乎要驚叫出來，而那人將他的手抓得更緊。

銀幕上上身赤裸的馬永貞正和仇家展開大決鬥，突然被一把斧頭砍中，馬永貞全身鮮血奔流，斧頭掛在肚子上，卻仍然鼓起餘勇奮力殺死一個又一個敵人，影院中殺聲震天，慘叫連連，旁邊的人抓他的手更加用力，也更加快速，鼻腔中發出很不自然的呼吸聲，吁吁作響，突然時澄的左手流淌著一股又一股濕熱的黏液，異味布滿空氣之中。

電影眼看就要結束，燈要是亮了如何是好，時澄這時再也不敢遲疑，用力掙脫那人，一手抓書包、一手抓褲子，跌跌撞撞跑出了戲院，也顧不得別人驚訝的眼光了。

事後時澄有好一段時間不敢去看早場電影。雖然那是一個從頭到尾都感覺很壞的經驗，可是卻忍不住一次又一次地回想整個情節，並在回想中得到愉悅，甚至對那個粗魯大膽但不知長相的中年男人漸漸產生一種異樣的好感，教他有回到那一家戲院期望與那人認識的衝動，而這個念頭讓他覺得羞恥。

後來有一次時澄又經過這家戲院，在路上與一個人擦肩而過，突然時澄靈光一閃，直覺這個人就是那個黑暗中的惡魔之手的主人。那人五短身材，一張典型的酒精中毒者才有的紫黑色臉龐，眼神灰濁呆滯，頭髮不長，但散亂的德行不知幾天沒洗了，上面還有大塊頭皮屑；鬍渣沒刮也就罷了，鼻孔中伸出的剛毛比鬍子還長，直抵上嘴唇；穿著朱紅色的襯衫，敞著上面四顆鈕釦，露出教人聯想到牲畜的一撮胸毛，配件棕色的喇叭褲，腳蹬一雙黑白相間的高跟大圓頭鞋，好像集所有壞品味的大成，整個人就是猥瑣兩字。

因為這次遭遇，時澄才中止了他的性幻想。

在一個霜風撲面的夜晚，他進入另一家戲院，銀幕上經過一連串打打殺殺後，切換成兩個裸體金髮美女在廚房的桌上纏綿，突然畫面右邊打出幾個歪歪斜斜的「傅時澄外找」字樣，許多觀眾發出了笑聲，大概心想還有殺風景殺到這麼準的，簡直是惡作劇。

30

因為祖母的死，父親從日本趕回家，順便結束自我放逐的生涯，但成蹊姑姑和秋林堂哥並沒有返鄉。成淵伯父和時澄第一次見面，特別喜歡找機會和時澄說話，可總是問東問西，沒事還叨叨念念，一下嫌時澄頭髮太長，一下又嫌他太瘦，而且不經意還會使喚時澄做這做那，甚至要他大學一定考法商學院的科系，講一大堆似是而非的理由，教時澄對他很是反感。時澄對母親抱怨道：「我又不是他兒子。」母親狠狠瞪了他一眼。

父親在祖母葬禮之後，並沒有就此住在家裡並重開診所的打算。這件事在地方上很是引起議論，但那時時澄人在台北，本應耳根清靜，但妹妹給他的信裡面滿是憤懣和擔憂，本來平靜的家，因為父親，有些風雨欲來，母親變成一個沉默的人，她說：「媽對爸的回來想是抱著期望的，但爸好像另有想法；媽一直壓抑著，我真怕看到她崩潰，真的很怕……」看到這些，時澄難過得胃都疼起來。

他的心情變得更加紛亂，勉強自己去補習班上課，看到一堆蒼白的臉孔，面無表情地瞪著黑板，他立刻氣力盡失。他真想跟旁邊行屍走肉般的小輩說「把書包連書都燒了吧，沒有這些東西你會活得更好」。他自己仍然在西門町和台北車站一帶鬼混，逃避無可逃避的現實。

有一天他在中華商場邊漢口街的平交道上等火車，突然有一個操著怪異口音的中年男子向他問路，他知道那個人要去的地方，可是說不清楚，心想閒著也是閒著，於是乾脆帶著那個人去。後來那個人堅持請他吃飯，他也沒怎麼拒絕。原來那人是個日本商人，鹿兒島出身的，時澄樂得和他用日語交談，而中年男子更是興奮異常，吃過飯又邀他去林森北路聽歌，兩人都喝了些酒。

時澄和他回到旅店，用了他的浴室，上了他的床，而且，拿了他的錢。

他用那筆錢在晴光市場的委託行給自己買了一件藍黑色棉毛混紡風衣，又為山楂買了一條碧綠色純毛圍巾。

他開始不由自主地走向中山北路、林森北路之間的窄巷，在日本觀光客充斥、酒臭瀰漫的街角出沒，無廉恥地對一些男人發出曖昧的微笑，和他們無言地走進旅館，讓他們膜拜他的年輕身體。

有一個六十多歲還在商社上班的新潟人一次就塞給他一百美金，那足供他彼時三個月的生活，那個初老的人還誠懇地乞求時澄做他的乾兒子，與他一起回日本；一個留平頭看起來像在黑社會討生活的年輕人一個晚上和他玩了五次；一個看不出真正年齡的禿頭，時澄明明跟他說感冒鼻塞，卻還堅持要時澄吹他，把時澄搞得幾乎斷氣不說，又拿一根很粗的電動按摩棒想硬塞時澄，時澄表示不悅，禿頭立刻打了他一巴掌，時澄一氣在禿頭肚子上連揍數拳，禿頭痛得倒地不起，時澄把他的衣物、行李從窗戶往外就丟。還有一個五十出頭臉有點浮腫的人，在台灣大概住了幾年，國、台語都會講一點，他帶時澄回去他的住處，一開門就聞到整個房間都是燉煮中藥的味道；他像一隻飢渴的野獸般關了門就開始玩時澄，幾乎把時澄全身舔光吸遍，自己的西裝褲和外套卻自始至終都沒脫掉。後來時澄一想到這個人，馬上就有一股藥草味衝鼻而來，而且腦中浮現「採補」這兩個字。時澄在公車上曾經看到這個邪教術士一次，他戴太陽眼鏡，手上提著沉甸甸的塑膠袋，一邊打著呵欠一邊找位置坐下，並未發現時澄。

31

姑姑在夜裡曾經從床上坐起來兩次，時澄想問她有事沒事，發現姑姑眼睛並未睜開，也沒痛苦的樣子，於是靜靜看著她；兩次姑姑都坐了許久才又重新睡下。

莫非，她的靈魂正在演練告別軀體？

可是靈魂——如果有所謂靈魂這東西的話——終究是離開不了身體的，或者說，並沒有一個叫做靈魂的東西可以從肉身中出離。這可不是哲學辨證，而是在他揮霍身體的日子裡體會出來的。

在那些彼此用體液與體液相濡以沫的日夜，他一次又一次試著讓身體僅僅屬於身體，希望那些耽溺於感官的垢染不要及於靈魂，然而被別人的性器鞭笞的時候，是哪一個在痛，肉體呢還是靈魂？被火熱的蛇信穿刺的時候，又是哪一個看到了極樂世界現前？為什麼肉體總是隨著意識投入沒有愛的洪荒？為什麼意識一定跟著肉體的極度疲憊而癱瘓？

只要肉體還有感覺，靈魂就一直甦醒著；肉體不是靈魂暫時的家，肉體是靈魂永遠的牢籠，肉體滅亡，靈魂沉睡。

姑姑每次聽到人家談靈肉合一或靈肉分離的話題，都覺得很無聊，而且她反對靈魂的層次高於肉體的說法。她自有觀點。

她說：「何況，肉體也有它自己的靈魂。」

32

船隊陷在洲渚和葦塘的迷宮中，處處有野鵝的蹤跡；還有一種三英尺長的大魚，在水中動也不動，分明是被船舷碰觸到才施施然游走，我想牠們一定是在陽光下睡著了。一路上我們只要看到紅柳的枯枝就上去採集，因為常常一整天都找不到可用的燃料。

隆起的雅爾當之間一片小小的平坦地面成為我們的八十號營地。紮好帳篷，賈貴正開晚飯，忽然從東北東方向刮起一陣猛烈的風暴，只聽見錫蓋、盤子齊飛，發出各種響聲。船伕趕忙保護行李，另外的人用一些大箱子和一包包麵粉以及黏土塊來壓住帳篷。忠心的小狗塔吉爾也蜷縮做一團藏在一個小土洞裡。

第二天暴風並沒有停息，湖沼河汊都覆著噴捲的白浪，篷布亂撲亂響，好像隨時會裂成碎片。我們被困了整整三天，等風停之後，從南面飄來的濃霧又包圍了我們。「漂泊的湖」羅布淖爾不遠了，但我們什麼也看不到。

我開始想回程的問題。我很難想像這一大隊人馬還要乘坐獨木船慢慢逆流划回去，或是騎乘牲口；我希望汽車能幫我們不要再曠日費時於險惡的沙漠中。但主要的車輛都被艾飛他們開走了，他們嘗試經阿特密什布拉克（維語的意思是「六十泉」）前往敦煌，看能否為中國政府探勘出一條通往中亞的新路。我決定派三個船伕去尋找車隊的痕跡，確定他們是否已經從敦煌回到七十號營地；如果車轍顯示他們尚未歸返，則在路上插上信號旗，底下放一個裝了信的空果醬罐，信上說明我們預定的行程，請他們前來接我們。

五月十日，三個船伕黎明即往北北東方向出發，其餘的人則以營地為中心做一些調查工作。晚上八點半，三名船伕回來，立刻向我詳細報告一路所見。他們走到離湖很遠、離山很近的地方，看到兩輛車子的輪跡，是往東去的；他們插了旗子，信筒也用石塊穩穩壓妥。此外，他們還驚走九匹駱駝，其中一匹奇大無比，都往山中逃去了。

陳和我都覺得奇怪，因為艾飛他們已經去了半個月，以往返一千多公里的路程算來，他們早該回來了；我們都很擔心他們是否遇到什麼麻煩，包括一些可怕的事。

當我們後來從羅布淖爾回去，見到他們時才知道，因為山路的險阻，他們不斷變更路線，最後油料用罄，當即折返七十號營地；他們直到五月十三日，也就是三個船伕去尋找

33

時澄並沒有和姑姑談過出賣肉體外加廉讓靈魂的往事。那些作為其實只發生在一個月裡面，可是記憶總有一種錯覺，好像持續了很久。山楂很快就感到不對勁，而且對他常常不上課、不回家的行為很不以為然，見面故意對他說一些難聽的重話，即使如此時澄仍沒什麼反應，於是山楂就懶得再理他。

然而他知道山楂曾經在巷口等他很多很多回，也聽說山楂在台北車站附近及西門圓環一帶到處找他，每次他深夜不管多晚回去住處，山楂和他養的老土貓小牛都立刻警醒起來看他，他知道山楂並沒有睡好。山楂也留了幾次字條在他房間，寫些問候和規勸的話，「我只希望你沒事。」他寫道。

有一天傍晚山楂到德惠街送貨，看到一個很像時澄的人和另一個他不認得的人走進一家旅舍，兩人明顯年紀很不相稱；他滿腹狐疑，硬是在下著冷雨的街頭等了一個半鐘頭，等到兩人出來一看，果然一個是時澄沒錯。時澄和那人也沒說什麼就各走各的路，山楂迎上前去，劈頭就問：「你在做什麼？」

時澄有些驚訝地看著他，山楂頭髮全濕了，臉上都是雨水，像個鬼魅一樣站在眼前。他不知道他在山楂眼中才是一縷蒼白而毫無重量的幽魂。

「那是誰？你在做什麼？」山楂又問了一次。

時澄故作輕鬆地笑答道：「沒什麼，就是玩玩。」

山楂臉色一變，解下時澄送他的圍巾，用力甩在時澄臉上，大聲說道：「你去死吧！」一回頭就走。

時澄呆站在店招和路燈都已經次第點亮的路上，開始感到有點冷；他開始有點感覺。他流下連祖母過世時都沒流過一滴的眼淚，流了滿臉。他從沒見過一張詛咒的臉，這是第一次，「你去死吧！」山楂的聲音一直在耳中迴盪。

然後就是那個日子了，他記得很清楚，那是十九歲那年的一月十八日下午四點多還不到五點。

那天天氣好得不得了，氣象局說台灣北部、東北部山區午後有雨，他在新生南路巷子深處的住所卻滿溢冬日午後的陽光；由於季節的斜度，光線覆蓋了別的季節絕對不會觸及的一些角落，返照在房子的高處。這樣的陽光日後仍將持續照射，一次又一次地覆蓋，在名叫大安、堪稱廣袤的森林公園中，在人工的草坪、小丘和湖泊之上，彷彿這裡從來沒有過很多綠瓦紅門的房子。

時澄這天早上一起床就忙著整理他的房間，他非常徹底地打掃一遍，把該丟的東西丟掉，然後將剩下的每一樣東西仔細地歸定位，有的在書架、櫥櫃擺整齊，有的裝進箱子；又挑出一些放在書桌上，做了些標記，無非是人的名字。他還到庭院中為長得比較不好的一棵桂花鬆土，替客廳中的魚缸換水，也清理了室友山楂的房間。等到他倒過垃圾、洗完澡、把髒衣服洗淨晾好，已經是下午四點多鐘。

他環視了一遍夕照到處貼上金箔好像連空氣都漾著鬱金的屋子，這樣的時刻讓他感到欣喜，甚至有些興奮。多好的陽光，多好的日子。他把喜歡膩在他身邊的小牛請到客廳沙發上，然後輕輕關上自己房間的門。

他坐在窗台旁邊掛的那方大鏡子前面，瀏覽了一下自己，背後整個金晃晃的一片。好安靜，好像從來沒有這樣安靜過。他拿起那把上週才買的美工刀。

習慣性地是用右手，他笑了，交到左手，推出刀刃，放在右手腕跳動的脈管上，然後抬頭看著鏡子裡面，那裡有一張霎時陌生了的臉，因為太平和，好像別人。左手的力道比較不容易掌握，不像用慣了的右手容易遲疑。一個禮拜前，他曾用右手行過左手的割禮，但失敗了，只流了點血，像一般割傷，於是權且當作彩排。這次將是正式演出，是首演，但也不會有下一場了。馬上就是永遠的落幕。

他用力一壓然後劃下去。

血液激射出來，像噴泉，不像前次流得有氣無力的，他告訴自己，成了。

他將刀刃收攏，放著，閉上雙眼，意識竟是如此清醒。血水在地上叭搭叭搭地響，右手腕痳痳的，但不痛，一點都不痛，不像上次；血比想像還要溫熱，天冷的關係。間歇的暈眩陣陣襲來，但他一點都沒有惛沉。他的呼吸更為平緩，他的聽覺甚至更靈敏了，他可以聽見很多聲音，來自四面八方，毫不嘈雜，好像管風琴的每一個風管一起發出無聲之聲，催他入眠。

突然管風琴像是炸裂了一般，爆出尖利而急促的巨大聲響，幾乎將他震倒。

時澄錯愕地正了正身子，試圖習慣那種非常不愉快的聲音。

電話。是電話在響。

時澄有好長一段日子刻意疏遠所有的人，最近已經幾乎沒有人會給他打電話了。也不會是山楂，現在正是山楂打工的地方一天中最忙最亂的時候。

他知道只要等一會兒鈴聲自然就停。約十一、二響後，果然停了。時澄鬆了一口氣，繼續等待最後的時刻。

電話很快又響起來，時澄耐心地等著，但這一次似乎沒有停的意思，一次又一次地撕扯他的耳膜。

到底是誰呢，偏偏在這種時候出來攪局，還不識好歹地霸住電話？好像不管怎麼樣這個發話人就是頑固要成為聽見他說話的最後一個人。他突然對發話人產生強烈的好奇。

他決定接聽，而且盡量讓對方感覺不到他有什麼不對勁，教對方在對話中完全平靜而愉快。

他雙眼仍然緊閉，慢慢地、有些搖搖晃晃地走到電話旁邊，其實他已經沒有自己想像的清醒了。

「喂？」聲音有些乾澀。

「喂，時澄嗎？」

「？」聲音挺熟的。「我是。」

「時澄，我**不想活了！**」音量加大，因而聽出顫抖。是小葦。

「小葦！」時澄差點脫口而說出「我也是」，那才真叫死黨了。「小葦，怎麼回事？」

「我也不知道，我手上現在有半瓶安眠藥，我好想死，我不知道怎麼辦才好。時澄……」小葦停了下來，時澄眼睛仍閉著，勉力傾聽電話彼端的動靜。小葦好像在啜泣，又好像嘆息之類的，但沒停很久，又說道：「你知道『生命線』的電話嗎？」

時澄睜開眼睛。

眼前一切都有些偏藍，季節的金色無比溫柔。

「你稍等，你一定要等我哦。」電信局的黃色電話簿還在不在？時澄沒有把握可以很快找到，血不噴了，但還在流，只好拿手帕將傷口綁住，免得來不及給小葦電話號碼自己就先不支，那可糗大了。

之後發生什麼事，其實是經過多方拼湊才搞清楚的，因為他自己只記得離開房間去找電話簿，想要幫小犟查「生命線」的電話號碼，以及小牛在耳邊喵喵叫個不停。他再次清醒過來的時候，人已經躺在醫院，山楂坐在旁邊的椅子上打盹。

據說他曾跌跌撞撞，先到客廳，然後到山楂房間，最後終於在廚房的電鍋底下找到電話簿，他撕下有「生命線」號碼的那一張，回到電話旁邊，對小犟大聲地報了號碼，又一個字一個字說道：「你一定要答應我，你保證會打這個電話。」一直到話筒那端傳來「好」，時澄於是和電話一起跌倒在地，昏厥一直到山楂回來。山楂首先差點自己也嚇癱在一起，勉強振作起來打了一一九，把時澄送到仁愛醫院急救。總之時澄活下來了，而小犟卻死了，不過那是若干年後的事，為了一樁很不值得的戀情。

34

姑姑在死亡面前那樣鎮定自得，並不是硬裝點出來的瀟灑。

時澄認為，主要是姑姑從來不想這件事，因為她從未把它當作一回事。每次她要到國外旅行，演吉和時澄總是誇張地提醒她，什麼地方不要去，什麼地方要特別注意，華航不能坐，巴基斯坦的山路會翻車，孟加拉的渡船會沉，香港會騙，威尼斯會偷，紐約會搶，倫敦有炸彈，柬埔寨有地雷，薩伊有政變，喀什米爾有游擊隊，烏干達有吃人肉的總統，而全中國都是文化大革命的倖存者，沒一個好惹等等，姑姑總是很不耐煩地說：「那我只好留在日本了，可是，日本都是性變態耶。」

時澄每次談戀愛的時候特別怕死，就會和姑姑談起對死亡的恐懼。

姑姑告訴他：「我們『現在』不是都活著嗎？可是你有沒有想過，『現在』也是不斷在死去？這世界哪有一刻停止過死亡呢？死亡無所不在，就像空氣一樣；既然我們從

35

時澄兩次自殺未遂，這樁荒唐事山楂變成唯一的受害人，飽受驚嚇，又不能去上班、上課，教時澄頗感過意不去；山楂沒有通知時澄家人，這使得時澄更多了一分感激。

時澄在加護病房觀察了一晚，就被送到普通病房，手腕包著厚厚的紗布。他不想住院，山楂求他，說至少住到讓他回家把那一大灘血跡刷乾淨。時澄的身體很虛，幾乎沒辦法走路，站起來還會嚴重暈眩，只好答應。一般病房有八張病床，兩邊各四張，他睡左手邊最裡面一張，靠窗。

離他最近的兩個人，睡在他對面的，是一個肝硬化剛割下部分肝組織的黃先生，五十多歲，看起來氣色還不錯，因為整天有家屬陪伴，所以比較少交談；他隔壁的施先生，說是在中研院民族所任職，看起來很蒼老，也很瘦，他是因為胃不好而住院。

其他還有遭燙傷的，每次換藥都痛得大叫；有一個正在等待換腎，一個較年輕的被工廠的機器軋斷一隻腳。

施先生睡得很少，而醒的時候只做三件事：交談，吃，以及把剛吃下的東西吐掉。原來他的胃有大麻煩，東西根本通不過賁門，營養全靠點滴和注射補給，但是飢餓的感覺仍在，強烈到明知是白吃也要吃。他用不斷的咀嚼來對抗沒有一刻止息、無所不在的飢餓。他總是買一些耐嚼的，花生啦、甘蔗啦、大溪豆干啦之類的，慢慢地嚼、用心地嚼，然後沒命地吐。時澄每天晚上總會醒來幾次，每次都聽到黑暗中的咀嚼聲，或是嘔吐聲。

「你知道嗎，」施先生對他說：「我以前有七十多公斤，現在，四十公斤都不到。」

這個又黑、又瘦、又蒼老的人，從深深凹陷的眼眶中用炯炯有神的眼光注視著時澄。時澄幾次試圖運用想像力將他復原為七十多公斤的模樣，但沒辦法。

他們斷斷續續地談了不少話，包括考大學的事，時澄說想選文史科系，施先生給他不少意見，但從沒問過他住院的原因。時澄在醫院前後住了五天，每天早上會幫大家將熱水瓶裝滿，因為他自認是病房中最年輕、身體狀況也是最好的人；他也會扶施先生上廁所，或替他購物、辦些手續。施先生顯然沒有家人，也很少看到昔日同事來看望他，有時他會低聲抱怨幾句。時澄每天還得向一個年輕的精神科鍾大夫報到，跟他談個二、三十分鐘。

出院那天，施先生仍是用鷹鷲般的眼神看著他，沒多說話，送給他六大本相同品牌的筆記本，只說是用不著了，丟了又可惜。筆記本的外表相當破舊，裡邊倒是很乾淨，滿滿都是藍黑墨水所寫的工整筆跡。

出院後，山楂怕時澄又有什麼三長兩短，便請假硬拖著時澄到他坪林的老家玩了幾天。回到台北，時澄立刻去仁愛看施先生，施先生已經走了，床位空著，暫時還沒有人住進去。此刻時澄才想起那六本筆記的事。

當晚，時澄拿出筆記，滿腦子都是施先生的咀嚼聲。筆記本編了號，於是他先拿起第一冊。第一冊的封面、封底以及前面幾頁有些破損，但不算嚴重。

> 從昨晚璀璨的星空看來，今天的天氣理應晴朗無雲，但早晚刮著強風，沙塵將天空

染成褐黃色，並且像一面古老的旗幟一樣籠罩了整座小城……

這是什麼東西？施先生的回憶錄嗎？為什麼要給他？

時澄記得曾經向施先生說喜歡旅行，又說興趣在文史方面，大概這就是原因吧。

然而他已經被筆記中不斷出現的「漂泊的湖」四個字所深深吸引。他總共花了兩個白天三個夜晚，醒醒睡睡之間，除了吃飯，他盡貪婪地讀著，直到闔上第六冊的最後一頁。

那是一群奇異的組合：瑞典醫生、傳教士和機械師，中國工程師、地磁學者、考古學家和廚師，蒙古司機，維吾爾船伕與獵戶，哥薩克士兵和「聖人」康司坦丁，還有兩隻牧羊犬，以及敘述者「我」，他顯然是這支隊伍的領導人。

「我」曾經在一八九六年三月橫越塔里木河最後支流孔雀河所分岔出去的一條乾河床——「庫魯克河」，意即「乾河」——上游，然後又向南到達塔里木河水最後匯集之處「喀喇廓順」，並在湖上做了初步考察。施先生沒那麼老，所以「我」不是他。可又是誰呢？由於內容太具有吸引力了，顧不得搞清楚這個敘述者的身分，時澄還是一口氣讀下去。

「我」在一九〇〇年三月再度前往那個區域，帶領駝隊走在庫魯克河又乾、又硬、又鹹，連駱駝腳上都要穿起厚皮靴以免割傷的河床上，一路進行各種測量，估算出這個河床在古代曾經輸送整個塔里木河，包括孔雀河的河水。等他再訪喀喇廓順途上，在乾河床末端不遠處發現一處古城遺跡；第二年經過考古挖掘，他證實這就是只存在《漢書》等古籍中的傳說之城——曾經依傍河湖、正扼絲路大道的古樓蘭。於是「我」由廢墟往南一帶做了測量，發現一片廣闊的低陷地帶，再往南三訪喀喇廓順，看出湖沼有漸漸縮小的趨勢。

「我」此時向世人宣稱，由於風力對沙漠的剝蝕，和固體物質持續填塞河床與湖底，造成地平的變化和流水的漫溢，因此在地質學的漫長時間裡，塔里木河下游及其終點湖曾在沙漠的南北部之間不斷往復。在大約一千六百年前的一段時期中，這河與湖正存在於北部，而樓蘭城傍著湖的北端，一條往返歐亞的大道經過她。

依據幾次測量的結果，「我」更大膽預言：長久以來折向南行的塔里木河及其終點湖，很快就要重返北方，孔雀河下游將乾涸見底，庫魯克河重新恢復生機，上游會被新來的植物、動物、飛禽、昆蟲、魚類所簇擁，下游則經過沙漠嚴酷氣候蒸發折騰後流量遞減，變成泥濘的窄小水道和難以找到出路的沼澤，緩緩穿越沙漠見不到一棵活著的樹木和一個活著的人的地方，最後流經古樓蘭城，注入偏北的窪地，即羅布淖爾。

一九二八年初，「我」隨著一個調查團乘駱駝到達吐魯番，當天即獲知一個消息：孔雀河下游在一九二一年已經改道流入了庫魯克河。一個人預言了一個地質學上以千年為單位的巨大變化，並在他有生之年得以親眼見證，毋寧是極為稀有的。

一九三四年，在新疆內戰的陰影中，「我」再度組織了一個調查隊，準備沿庫魯克河而下，繞經一千六百年來第一次聽到水聲召喚的樓蘭，進入在時間的荒漠中被徹底遺忘了的羅布淖爾。隔著三十年的歲月，「我」在地球上最大一片陸地的最深處，在所有海洋的作用都無能為力的地方，航行在一條由來自世界上最高峻、最寒冷的山脈所孕育的川流匯集而成的既老邁又年輕的河上，審視一個既熟悉又陌生的世界。

當時的時澄對他們所做的一切只覺得不可思議。在一片不要說人，連植物都無法生長的廣袤無邊的惡地，什麼時候跑出一條河流，什麼時候又消失一座湖泊，什麼時候有人「不幸地」必須經過這裡，像隊商、僧侶、軍人、冒險家或是逃犯，即使這裡有一連串繁榮一時的城邑，即使這裡曾經留下過許多人錯綜複雜的足跡，但這一切已經都不存在了，所有的悲歡離合都一去不返了，為什麼還有人願意冒著無法預知的危險，以生命作為賭注，去見證一個終將再一次消失無蹤，幾乎是一出現即不存在、一顯影即成為亡靈的景象？

時澄並不清楚這樣的事為什麼帶給他那麼強烈的震撼，也許是為了他們那麼煞有介事地在烈日下或狂風中航行，煞有介事地測量河寬、水深、流速，煞有介事地檢視古墓、蒐集標本或是在帳篷掛上各自的旗幟，好像是那些在時間與意義之外的彷徨，那種由許多痛苦串聯而成的快樂，教時澄印象深刻；或許也沒那麼複雜，感動他的，僅僅是「漂泊的湖」四個字。總之，隨著一頁頁的閱讀，他好像不時與敘述者合而為一，坐在一艘由整棵白楊樹砍鑿而成的狹窄獨木船上，參與這次艱難的旅程，成為「我」的眼睛、鼻子、皮膚和雙手，與此同時，一道多年來深植他體內，佔據他的靈魂，監視他、欺騙他、譏笑他、蠶食他、一點一滴偷走他生命力，教他孱弱而不快樂的魔咒，似乎也只能逐漸廢然鬆手了。

在讀完最後一頁，闔上第六冊筆記本那個晚上，他熄燈上床，發覺月光溢滿房中。

他沒有多想，就告訴自己，要給自己十年的時間，即使人生只是一條簡單的河和它寂寞的流域，即使世界只是一座漂泊的湖，而時間以無邊無際的荒漠包圍著這一切。

或許會有一個「我」，跌跌撞撞也好，迷迷糊糊也好，輕鬆愉快也好，有一天突然從蜃氣樓的幻影中走來，見證他短暫的存在。

他告別山楂，從新生南路搬到內湖獨居，專心準備考試，從而開始一個全新的十年。

那一年首次實施電腦閱卷，除了國文作文，其餘一律是選擇題。時澄一向最頭疼背書，考選擇題可以少背好多書，因為答案都在題目裡面。也許是因為這個原因，他意外考上一所私立大學。山楂考得不錯，是國立大學。

36

我們的隊伍一路上都有許多戲劇性的事件，幾乎可以入小說。這時在七十號營地又有令人難以置信的巧合。

陳宗器和我外出一個月，我們見著了貝格曼和喬治，恰在他們逗留庫穆河的最後一夜。而一點半的時候，我正為下一段漫長而不可預測的旅程整頓行裝，陳和龔忽然同聲叫道：「郝默爾博士到了！」

我拿起望遠鏡，看到他和兩個同伴正從河岸快步走上來；在灼人的熱氣中，他穿著寬大的褲子，戴著遮陽帽，鬍子已經剃得精光，樣子很是健朗。我們互相擁抱，一陣問答像湖水般湧出來。只要郝默爾晚來一刻鐘，我已經在赴庫爾勒的途中了。

他右臂吊著，手也裹著繃帶，原來他和康斯坦丁在庫穆河畔獵得三頭小野豬，放在船上一只箱子裡，有一天在餵食的時候，拇指被咬了一口，結果中了血毒，在床上躺了兩個禮拜，完全無法工作，是自己開了刀才好轉過來。

我們回到岸邊，他的船隊真是精采：一只空箱放了那三頭紋背拱嘴豬，尉犁帶來的狗，叫比利（Pelle），一頭羊正在吃草，和狗一樣溫順，生得又好；其中一艘船和河岸之間，有網子攔著，五隻可愛的雛鵝和一隻鴛鴦在水裡嬉遊，還有一隻傲然而立的蒼鷺凝視著我們。一隻小鸚鳥也是這可愛動物園的一份子，是眾人的寶貝。

我們又走上另一段征途。黑暗把西方的天空也征服了，「像埃及的祭司們那樣靜默無聲，群星正開始它們的行進。」

37

在外雙溪讀書的四年中，時澄很少回家。每次見面，母親雖然勉強撐起「我好得很」的表情和若無其事的說話語氣，但原來那種凡事樂觀、愛說話愛笑的母親已經完全不在了；她的沉默教人感到不祥，好像她撐著只是為了不倒下去，活著，只是因為一時還死不掉。弟弟在台中讀書，放假才回家，平日只有妹妹陪著她。

年節回去，母親開始跟時澄說些家族中他不知道的事，以前，母親在小孩面前是不談這些的。那時她有太多事要做，而且對小孩、對家都還充滿熱望，沒有時間也沒有必要回溯過往。現在，她只剩下過往。

母親告訴時澄，生他的時候難產，她在婦產科醫院的病床上痛得死去活來，父親卻忙著和人家醫院裡一個年紀比他大的護士打情罵俏：後來要他去買個熱水瓶，他出去半天還不見人影，醫生本來要開刀了，又怕沒經過他同意，也只好等他回來再說，害母親在生命受到威脅的驚恐中多痛了許久，「簡直是謀殺嘛，出事的話就是一屍兩命你知道不知道？」她誇張地說。

「你伯父參加糖廠的讀書會，完全沒向家人說過，出事後就逃，家裡是因為半夜突然闖進一大堆軍警才知道的，嚇死人了，你祖母一直喊冤枉，哭暈了好幾次。你父親呢，嚇壞了，到人家都走了還說不出話來。

「你伯父逃到信義、水里一帶的深山中，那邊什麼也沒有，自然需要家人的接濟。那時在台灣山區逃亡、串聯的人還不少，所以他總是可以找到人傳話報平安，當然都是轉了好幾手，別人的安全也要顧嘛。他希望家人定期給他準備白米和一些錢，並且用暗號指定見面的日期。他每次都在約定那天，從水里搭早上五點多的第一班集集線火車出來；他覺得在走動中的車子上見面最安全。他的口信常常是『十三不要忘了拜天公』之類的，意思是農曆十三要碰面。

「不知道為什麼，家人未經商量，就派我擔任這個任務，連你父親都沒有意見。因為當時家中愁雲慘霧，我也不想為這件事增加他們的煩惱，可是你知道我多怕？從來沒有人問我怕不怕。我只好帶著秋林一起去，他雖然小，有他在身邊總是好一點，而且這樣看起來好像媽媽帶著小孩出去旅行，也比較不會讓人起疑。秋林真乖，每次都很聽話，他也很可憐，因為每一次都要三、四點就起床，而且那時候正好是冬天，冷死人了。我常常覺得他是在睡夢中跟我出門的，走路搖搖晃晃，兩眼無神。

「第一次真的嚇死了，從濁水站上車，坐在座位上，也不敢東張西望，真希望你伯父沒有出現。車開動後他才走到我們旁邊坐下，我看他的樣子，好像看到鬼一樣。那時天還很黑，車廂的燈也昏昏暗暗的，他頭髮散亂，好像變灰白了，鬍子長長的，衣服又髒又破，而且整個人瘦得要命，一眼幾乎很難認得出來。」

時澄問她：「他那個樣子不是很引人注目嗎？多危險！」

母親說：「那倒不會，你不要忘了，以前大家普遍都窮，哪能講究穿著和外表，而且流浪行乞的也很多，大家看到不修邊幅的人是不會覺得奇怪的。他一看到我和秋林，先是怔怔的，接著就哭起來，我也很難過，不知道要說什麼才好，也不能說太多話。我們就這樣一起坐到二水站，然後原車再坐回去，我和秋林還是在濁水下車，留下帶去的東西。一直到他被逮捕，大概這樣做了五、六次，第二次以後還是很緊張，但比第一次好多了。現在想想，其實滿刺激的。」

儘管母親說到這裡臉上帶著笑意，但最後還是以一連串指摘父親的不滿話語作為結論。

這樣的母親，這些年教堂也去得少了，倒是很熱中和鄰居三姑六婆四處趕廟會，還去湄州進香；有一天時澄聽說她到十八王公廟拜拜，差點吐血。母親漸漸變得很靈異傳奇，比方說她白天夜晚常常聽到有人叫她的名字，又說她不時夢見祖母，祖母總是坐在床頭，跟她講很多話，有時還會抱怨最近做的糕餅發酵沒發好，或是拜拜的時候忘了燒什麼金紙；有一天她在頂樓的花圃看到一尾蛇，以前從來沒有在那邊發現過蛇蹤的，她的解讀是，草蛇是土地公的化身，前來提醒她不要忘了父親的六十歲生日要殺豬、羊祭拜天公還願。

母親常鬧胃痛，但她很會隱忍，照常處理家務、外出購物、準備三餐，有時幾個孩子發現她沒什麼食慾，或是背地裡在吃藥，問她才知道身體不舒服。

她有幾次不經意地透露很想去日本一趟，因為她一直和高齡八十幾的小學老師保持聯絡，這位姓東山的老先生每次來信都邀請她去日本玩，也歡迎她住到他家。這個老師以前並不是特別疼她，但曾經救過她一命，五年級時一個大熱天上體育課，她流了大量鼻血而且突然休克，當時年輕力壯的東山老師抱著她跑到距離不是很近的一家醫院急救脫險。

有一陣子她一直沒接到東山先生的來信，就催時澄幫她辦出國手續；行前與東山先生聯絡，才知道他已經不在。從此她對去日本的事就變得意興闌珊，好像一個非常重要的約定她最後爽約，教她非常懊悔，而且充滿了歉意。其實抱歉的是時澄，他早聽說母親有此願望，卻沒有當急事處理，結果給母親帶來那麼深沉的悔恨。

這件事教他了解到，想做什麼，該做什麼，最好的處理方式就是立刻去做。後來他陪母親去了香港、埃及、美西等地，一路上拍的照片她百看不厭，時澄知道她玩得很開心，可是到了嘴上，她只顧埋怨時澄為她花了太多錢，沒有積蓄，「所以到現在都不結婚」。母親一直沒有答應去日本。

父親在祖母葬禮後，幾經考慮，最後決定到新竹和他一個學弟一起開業，並且和女友翠鸞以及他們生的小孩住在一起。

時澄從沒去新竹找過父親，好像只要他不去，就表示他不接受這個事實，而且站在母親這一邊。父親倒是每個學期都會到學校看他，並帶他和幾個同學去餐廳打牙祭。時澄認為父親這是在討好他，所以不太領情。有時父親會讓時澄陪他到朋友處走走，那時台灣正是處處商機無限的當代資本主義萌芽期，父親幾個朋友都勇敢地投入商場，有的致力買土地、造房子，有的做紡織品和食品加工，有的從事進出口貿易，他們總是勸父親改行，父親每次聽了都有些心動，但最後還是守著舊業。

一如以往，兩個人在一起話並不多，父親每次好像都要想很久才能想到一個問題似的，經過長久的沉默，突然問個沒頭沒腦的話，而時澄的回答也是有氣無力。

「期中考？」

「考完了。」

「不要隨便缺課。」

「沒有。」

「想吃什麼？」

「隨便。」

「錢夠不夠用？」

「還好。」

「少抽菸。」

「知道。」

「小心魚刺！」

「來不及了……」

這是在士林吃一頓飯的全部對話。

父親喜歡喝點酒，但和小孩吃飯時不喝，有一次他氣色不太好，吃飯時點了一瓶紹興，喝了大半瓶，同時要時澄也喝一點。

他們在一個小隔間裡面，正方形的桌子，他們並沒有對面而坐，依然坐成個直角。

「你現在是大人了嘛，喝點沒關係。」父親面朝正前方，只有眼睛餘光稍稍瞥向時澄這邊。

「嗯。」時澄心想，紅露酒、米酒加保力達或維他露，和朋友不知道已經喝過幾打了，手頭寬裕的時候還會去買竹葉青或金門高粱。他那時和幾個親近的同學好友住在學校後門出去的小山上，房子四周都是松樹、相思、柳橙和蓮霧，對面就是故宮博物院，常常一陣呼嘯就湊份子買酒菜，徹夜扯淡、唱歌、念詩、哭鬧，非常波西米亞。

父親喝了酒，他也沾了幾口。

「你阿姨又生了一個小孩。」

父親指的是女友翠鸞，他們生的第一個男孩子小學已經快畢業了。

「恭喜。」

「是個女孩。」

「哦。」

「我在想，總不能讓他們的身分永遠不明不白，明明有個父親住在一起，身分和戶籍證明上面的父親欄老被寫著『不詳』這種字樣，你說對不對？」

「嗯。」

「所以，我想請你，拜託你和媽媽好好談談，你已經是個懂事的大人了，應該知道我的意思，希望你勸媽媽答應跟我，咳，離婚。」這是父親第一次對他用「請」、「拜託」這樣的字眼。

父親看時澄沒有反應，於是將頭稍微轉向時澄，突然把手放到時澄肩膀上，低下頭以日語加重語氣說**拜託啦**，「Tanomu-yo!」

時澄也沒看父親，只是稍稍提高聲音問道：「難道你都不會想一想媽媽的感覺嗎？」

「Dakara-sa,」**所以說**，「需要你的幫忙。」

「到底為什麼？」

「什麼為什麼？」

「為什麼會變成這樣？以前你們不是也曾經很好嗎，我小的時候？」

「其實也沒那麼好啦，很多事你不知道，而且你媽媽對我一直很有意見。」

「可是她為這個家做了多少事情，她絕對是對得起你的，但你對得起她嗎？」

「關於這點我不想再說什麼。」父親喝了口酒，「反正我永遠都是錯的，好像壞人總是我！」聲音聽起來有些顫抖，他不常這麼激動。

「我在聽。」時澄說。

「跑到日本我有我的苦衷，而且一去不知道什麼時候才能回得來，當時覺得根本不可能再回來，所以，找一個伴也是很自然的。現在又有了兩個小孩，我總不能丟下他們不管吧？」

「所以就丟下我們？」

「你們都大了。」

「媽媽的年紀也越來越大了，我不喜歡她愁眉苦臉的樣子，她有權利過快樂的日子。我很懷念她的笑聲。」

「但事情是沒辦法重來的。」

「可是你可以不要再傷害她一次！」時澄拍了一下桌子，碗盤跟著嚇了一跳。

父親看他這樣，似乎也有些動氣，大聲問他：「假設你是我，你要怎麼辦？」

時澄想都沒想，也大聲回道：「切腹自殺！」

結果當然又是一次不歡而散的局面。

兩人的關係更加惡劣，而時澄在意的是日益衰老的母親。

沙之悲歌

And the sad sand sang

38

許多在時澄大學時代認識他的人，都知道他有一句口頭禪：我是個連死神都不屑一顧的人。

當時澄開始說這一句話時，就表示他正被忽略，或即將被遺棄，而這句話通常可以為他挽回頹勢。

大三上學期的時候，有一個低他一年級的音樂系學生搬到了時澄住的小山上，住在建於較低處的一幢農舍。時澄沒見過他，但常常聽到笛聲穿過樹林，來到他的窗前。有一天晚上時澄從他的窗外走過，他的書桌正對著窗子，也許是聽到腳步聲，抬起頭來看了一下外面。他的背後幾乎是黑的，所以在檯燈反射下，只浮出他的一張臉，上面是一對又大又亮的眼睛；他隨即又將頭低了下去。時澄只是一瞥。

系裡面辦舞會，有一個左營海軍眷村來的同系不同班的女孩好幾次主動來邀舞，別人告訴時澄，這個女孩作風很大膽，但學校裡面許多男孩子追她，都不得要領，她卻向好幾個人公開宣稱要追時澄。女孩叫馬小麗，個性開朗，穿搭頗有品味，人緣不錯，大家叫她Emily。

在眾多好奇眼光注目之下，時澄被馬小麗帶到場中，同學們不斷起鬨。他們一起跳了幾段慢舞，談了一些話，時澄覺得這個女孩滿迷人的，尤其是她那種目中無人的爽朗。時澄偶爾鼓起勇氣看她的臉，小麗笑得很開心，但不知道為什麼，時澄眼前一直是音樂系那對從黑暗中浮現的大眼睛。

他開始和小麗約會，但每次經過音樂系的房間，總是渴望看到那張臉；有時聽到他在房中和別人談話，時澄就很羨慕那個人。小麗常常在教室外面等他一起去吃飯，陪著他去看電影，他們手拉著手一起過馬路。所有人都視他們為理想的一對，包括他們自己。

有一天他們恰好下午都沒課，時澄第一次讓小麗陪他回到賃居的山上小屋。當他們快走到大家共用的浴室附近時，時澄看到一個人正在浴室外面的洗臉台上洗衣服，他第一個反應竟是，希望這個人不是音樂系。當他們從這個人旁邊走過時，洗衣服的人手沒有停下，但轉過頭來瞧了一眼。時澄看到他的臉，那一雙教他念念不忘的大眼睛，頓時萬念俱灰。

時澄和小麗走了約莫三個月就分手了。小麗說，你沒有什麼熱情也就罷了，為什麼每次都心不在焉。時澄說，抱歉。他真的感到很抱歉，他覺得他應該對小麗好一點。他把一張原本明豔、天真、充滿笑意的臉，才多久就變成了被悲傷籠罩的枯敗容顏。

分手那天，他們還約好一起吃晚飯。小麗請時澄吃水餃，然後表明要分手。時澄只能繼續吃水餃，喝酸辣湯，許久，才看著小麗說：「抱歉。」

走出餐廳，歲暮的寒風從外雙溪河床吹上岸，小麗的長髮飛舞，她不斷用手梳理，馬上又被吹亂了。他們走了一會兒，小麗停下來，對時澄說：「你多保重，再見。」不等時澄說什麼，她就加快腳步往宿舍走去。

時澄看她搖搖晃晃的背影，突然覺得非常傷心，淚水使得眼睛一片模糊，他叫道：「Emily!」但他知道前方快速遠去的人影並沒有停下來。

時澄在寒假前給小麗寄了一張卡片賀節，最後添了一句：「無論如何請原諒我這個連死神都不屑一顧的人吧。」

小麗收到後焦急地找他，以為他想不開；見了面，時澄向她述說十九歲那年割腕的往事。小麗說，你怎麼不早告訴我呢，然後就原諒了時澄。時澄挽回了小麗的友情，覺得很欣慰。沒有了教時澄忐忑不安的因素橫在他們之間，他反而能全心全意接受小麗對他的好，兩個人變成無話不談的密友。時澄對同性的情愫，第一個就是向小麗告白的。小麗後來和一個低她三年的學弟秦走得很近，秦一畢業還沒當兵，兩個人就結婚了。

一天夜裡，時澄回去住處時，經過洗臉台，幾個正在燒水準備洗澡的人圍在一起議論紛紛，時澄一聽好像有人被毒蛇咬了，就問是誰，大家指著音樂系的房間，說已經送到榮總急診了。

時澄回到房間，感到心亂如麻，不知道哪來的衝動，向一個本來不太熟的鄰居借了摩托車，直奔榮總。

進了急診室，正要問人，一眼已經看到音樂系，趕忙走過去。音樂系好好地坐在一張椅子上，旁邊倒是躺了一個腳踝已經腫起一個包的人。

時澄跟人家不認識，沒頭沒腦跑來看人家，尷尬得什麼似的。倒是音樂系先跟他打了聲招呼：「嗨。」然後跟躺著的那個講，我們一起住山上的。

時澄為上將長長的睫毛、纖細修長而且靈巧的手指以及披肩的黑亮長髮著迷，只要看著它們就覺得是一種無上享受。他也很喜歡上將穿著天青色上衣、草綠色寬鬆長褲，束一條黃銅頭黑色軍訓腰帶，肩上掛著已經從深藍褪成淺灰色的高中舊書包，搖頭晃腦邊走邊唱的瀟灑樣子。他確信上將很歡迎他們之間的親密關係，而且沒有比他更重要的朋友，但他不確定上將對他的身體有沒有感覺一如他對上將。他常常用心、用力、盡量不著痕跡卻又不加隱瞞地注視上將的身體，尤其那些令他著迷的部位，上將不可能不知道，但他從未發現上將做類似的事。時澄覺得他有足夠的敏感，只要上將對他投射好奇的眼神，即使再隱微，他都可以立即辨識。從來沒有，上將從來都沒有給他機會。

上將好幾次邀請時澄和他回去羅東的家住，時澄總是分外高興，他喜歡那樣的旅程，坐在搖籃一樣的車中，看著窗外青翠的山林和田野以多種角度展示，等到太平洋灰藍色海水在車廂左邊的窗外浮現時，天色通常開始轉陰，甚至飄起雨來，東北台灣好像一直留給他這樣的印象；外頭一暗下來，開了燈的車廂特別令人感到溫馨，感到和身邊的人的親密，以及一種輕微的倦怠。時澄知道，這種美好摻雜了強烈的期待，他多希望晚上臨就寢時，上將會不經意地說「那麼，今天就和我擠一擠吧」，而讓他把它當作一種信號，一種暗示，一種承諾。

然而上將的家有太多房間了，上將的媽媽總是一邊說「你們真像親兄弟一樣」，一面為他們分別鋪設舒適的臥房。時澄看上將沒有任何表示，他自己就對上將說「還不太想睡呢，真想跟你聊晚點」，或是「今天好冷，我最怕冷了」，甚至明白到「我好喜歡在床上聊天的感覺」，然後以極度緊張的心情，等待著上將的邀請。結果時澄聽到的，無非是「早點睡吧，我媽一過六點就大呼小叫，要人家起來吃早點，尤其有客人的時候」，或是「冷嗎？我再給你拿一床棉被」之類的。

時澄還是不太能確定上將真的是對他一點興趣都沒有，因而裝傻，或僅僅是遲疑、害怕；時澄最後總是心頭蒙著一層陰影惘惘地睡去。可是一覺醒來，上將對他仍是親得不得了，於是讓時澄又燃起微弱的希望之火，然後在下一次同樣的場合中死滅。

有一次山楂到山上找時澄，話談得晚了，外面又下著雨，決定住一宿再回去。時澄樂在心裡，他趕快把房間讓給山楂，然後去找上將，深呼吸一口氣，說：「我有一個朋友要睡我那裡，能不能跟你擠一下？」

上將遲疑了幾秒鐘，說道：「好啊。」時澄劇烈的心跳已經要將他的胸腔撞痛了。

他們有些不自在地躺下來，在同一條棉被底下，兩個人動都不敢動，連呼吸都盡量壓抑。大約一刻鐘之後，時澄讓自己的呼吸聲漸漸加大，好像他已經熟睡了一般，不久，他聽到上將均勻的吐息在耳邊響起。

時澄小心翼翼地側轉身子，面朝上將，上將毫無動靜，於是時澄伸出他的一隻手，以極慢極輕的方式放到上將的肚子上。那是一種難以形容的觸感，柔軟，溫暖，而且起伏著，時澄的心幾乎要蹦出來。上將還是沒有反應。時澄極有耐心地等候，再度確認上將已經睡得很沉，然後將手緩緩下移，一直到一個非骨非肉的突起擋住了他的手指。那是他渴望了很久的身體最後的神祕，祕中之祕。更教他興奮的是，它在勃起。

時澄已經不願意去判斷這到底是睡眠中的自然反應，還是知覺之下的反應。他先是隔著上將的棉質內褲以手指試探，由於上將絲毫未加抗拒，他壯起膽來，從褲子的鬆緊帶處長驅直入，終於將一個飽滿而且只要他的手指一動就輕微痙攣的神祕分身握在手中。雖然上將的呼吸有些紛亂，但時澄也管不了那麼多了，他肆無忌憚地摸索，整個人都處在極樂狀態，不知過了多久，直到上將終於將身子翻轉過去背對著他。時澄將手伸回來，讓殺人鼓般的心跳慢慢平息，然後滿足地睡去。第二天醒來，兩個人都裝作什麼事也沒發生的樣子，上將對時澄的態度也沒什麼改變，包括，仍然沒有對時澄的身體顯示任何好奇。

時澄後來又如法炮製了幾次，但再進一步似乎成了永遠無法觸及的禁忌。他們不能將這件事說破，不能明明白白地討論，不能問，沒有答案。時澄不知道上將怕的是什麼，但他很清楚，他怕如果說開了，很可能就是結束的時候，而他無法接受不合他本意的結果。這樣的僵持讓他感到非常痛苦，因為他們的親密最後還是有一道圍籬無法跨越，他們的談話必須刻意迴避圍籬之後的那塊禁地。他永遠是在沒有徵得同意的情形下侵犯別人的身體，他做的是椿非法的勾當，必須偷偷摸摸，慎防隨時被揪出來的尷尬，以及有可能關係破裂的重大懲處。

更多的時候，他只能以幻想上將的身體，以及在腦海中一次又一次重現那些夜晚冒險的細節，而得到紓解。這時他發現他並不以自己的興奮為滿足。他知道他最大的滿足必須來自別人，因為別人的興奮而興奮。

他在畢業前以破釜沉舟的心情給上將寫了一封再明白不過的信，然後以一句話作結：「也許你應該忘了我這個連死神都不屑一顧的人。」

這封信明顯使得上將感到非常痛苦，但這不是時澄的目的。他等待上將給他一個答覆，一個他私下期待的美好答覆。

上將在若干年後才給他正式的答覆，雖然那時時澄已經沒有什麼感覺；上將到奧地利深造，專攻指揮，他在那裡娶了一個上海出身的聲樂家。

39

我們終於進入河汊如蛛網般複雜的羅布三角洲，這裡沒有一條直通羅布淖爾的明顯水路，只有幾乎停滯的淺水窄河在一大片突起的柽薩和雅爾當之間彎彎繞繞，有些河面還隱藏在蘆葦叢中。我們找流速較快的河道前進。

河道越來越寬，但水越來越淺，在葦塘的時候還有十英尺深，到了這裡只剩三英尺。船身不時觸到河底，船伕必須很費力才能掙脫泥漿的牽絆。

我們紮營在一個四望都沒有一點草木的死寂荒涼之境，這是我們的第八十二號營地，由此出發就是直趨「漂泊的湖」最後的一程了。由於找不到燃料，只好以一塊甲板為篝火和晚餐做了犧牲。

五月十六日清晨步出帳外，雖然刮著強風，但終於能夠判斷我們在這詭譎有趣的區域中所處的方位了。我們這個地點十分接近庫穆河流入羅布淖爾處，也就是那著名古湖的最北部分，像一個面向東南的海口一樣的地方。

陳和我預定乘最大的雙槳船，我們的食糧、兩筒淡水和禦寒衣物放在兩艘單槳小獨木船裡。我們不帶帳篷，因為赫內爾和陳的探測告我們，湖岸都是既陡又軟的泥淖，根本上不了陸，到了晚上，只能把三隻獨木船繫在一起，就睡在船上。

賈貴殺了一頭羊，讓我們把肉帶著。他將一個人留守八十二號營地。

風勢停止約當中午，我們告別了孤單的賈貴，順淺水而下，向東南行去。

40

時澄僅能有片段的睡眠，並不是因為這是一個顏色、聲音、氣味都迥異日常的醫院病室。姑姑有限的時日，讓他有些急迫感，想要更多地記起有關姑姑的一切，好像這樣子姑姑就不會真正離去，她的影像仍無可置疑地留存在另一個生命裡面，即使這另一個生命也已經是風中之燭。

同時他也很想從姑姑那裡獲知自身生命史上一些若有似無的祕密，一些恐怕只有姑姑才會為他破解的謎團。時澄一直不清楚當年父親突然帶著他跑到這麼遠的地方，到底真正的原因是什麼。姑姑不是吞吞吐吐的人，可是在這一件事上卻顯得相當遲疑。時澄這一次來到姑姑身邊，是取得答案的最後機會了。

姑姑醒來後，精神體力似乎都不是很好，就一直躺著。時澄很想把握機會跟她談談這件事，沒想到姑姑卻要他回芝浦的家整理房子，將服裝、首飾、酒類等「比較有用」的東西打包，讓悌娜拿回店裡分送同事或老主顧，其他能丟就丟，一時丟不掉的，像笨重的家具，就買幾匹白布先蓋著，包括地板也用白布蓋起來，免得太久沒人住會髒得不可收拾。

由於辦這件事要花不少時間，時澄很早就離開醫院，先到附近市場買了上百碼白布，又買了大大小小二、三十個紙箱，讓人家一起送到芝浦。

時澄一個人慢慢整理，在每個房間進進出出，好像又回到剛住進姑姑家的日子，姑姑不在，十歲的時澄一個人在空蕩蕩的房子裡搬演一幕又一幕獨腳戲。

他把落地窗打開，收起窗簾，遠處是平靜的東京灣海域，平靜得像凝結的藍莓果凍。十歲的他也曾經一次又一次望著海灣，淡淡想著彼岸的故鄉，淡淡地想著父親帶他遠離故鄉的種種可能原因。

大學畢業後不久，時澄在嘉義大林接受短暫的訓練，然後從基隆上船橫渡海峽。他和百餘名新兵被放置在傾斜的甲板，於冷冽的強風巨浪中夜航。他被分配到馬祖群島中一座離福建最近的偏遠小島上，並在那裡度過嚴酷的冬天。

儘管時澄他們的據點高聳於海崖頂端，但生活起居的坑道仍相當潮濕，所以一有晴朗的好天氣，他們都會像貓一樣躺在蘆葦編織的廚房屋頂上曬太陽。由於據點的坑道等設施順著崖面呈梯狀分布，廚房的屋頂其實和進出據點的主要通道等高，並向遠處的海面傾斜，很容易上去。只要沒有什麼任務，他們就在屋頂上消磨一個下午，睡覺、看書、讀信、唱歌、閒聊。腳下的蔚藍的海，以及以北竿為首的鮮綠色島群，雲朵在藏青色的背景烘托下緩緩北移，慵懶有如飽食的羊群。天地開闊，時間也就特別悠長。在風聲和拍岸的海潮音間隙，還夾雜來自閩江口一帶船團的引擎鳴響。

有一次聊著聊著，突然有人問起最早的記憶，一如十五歲之夏，同學阿寬的問句。大部分的人只記得五歲以後的事，少數還有四歲前後的記憶。

或許是身心完全放鬆的緣故，時澄感覺到他意識的梭機竟得以一路溯行，恍如穿過潮濕的森林霧籠的小徑，直抵一座古老的城堡，輕易地推開緊閉的門扉，在霉跡斑駁的巨大牆面上逐一辨識時間祕密的印記，許多早已從他的記憶淡出的景象陸續浮現。

那一次，他告訴大家，父親曾經抱著他到小鎮邊緣一家木造兩層樓的酒家尋歡的往事，而且過程完整。

父親抱著他走在故鄉的街上，一路上和很多熟人打招呼，有時還會停下來寒暄；有一個和父親年紀差不多的男人貼近他，用手摸摸他的臉頰，時澄還記得那個男人頭上整髮液和手指間香菸焦油的味道。當他們抵達商店街的盡頭，父親毫不遲疑地轉進一間屋子，踏上木頭樓梯，然後把時澄放在二樓一間房間的榻榻米上；迎面來了兩位臉上撲粉、嘴唇畫得血紅的女子，對他諂媚地笑著。後來時澄看到父親和別人談笑風生，眉來眼去，把他丟在一旁，就開始鬧脾氣，吵著要走，爸爸讓其中一個女子去買了一包牛奶餅乾，但時澄不領情，一直吵，父親有些不知所措，好像只喝了幾杯茶就抱著時澄回家了。

有一段時期，在那個沒什麼新鮮事的小島上，時澄創下的最小年紀上酒家的世界紀錄，成為流傳島上的熱門緋聞。

由於這種在意識邊緣追逐的遊戲太有趣了，時澄常常沒事就躺在陽光下玩將起來，但並非每一次都那麼成功。好幾次，他強烈感覺到有一個影像呼之欲出，而且他知道那是同一個事件，巨大的、移動著的黑影，以一定的節奏，猛烈地撞擊大地，那種幽深與沉重，教他幾乎喘不過氣來；他每一次都用盡全部的力量，專注地、虔誠地呼喚那個神祕前進的黑影現形，但徒勞無功。

三、四月間，潮濕的南風帶來豐沛的水氣，大陸北方的高氣壓轉弱的日子，列島大多籠罩在濃濃的霧氣當中。防風林的葉子、茅草屋頂的屋簷成天滴著水，坑道中直如災區，牆壁滲著汗，地上積水盈寸，棉被、衣物、香菸、配給米、麵粉甚至連蠟燭都在發霉，空氣渾濁，有如在哪個角落堆置了一具被遺忘的屍體。霧季的防務較為鬆弛，反正誰也看不見誰，即使偶爾有可疑的漁船馬達聲接近，也只能豎耳傾聽，緊張無用；經過一個冬季的淒風苦雨，岩洞中的毒蛇、蜈蚣一感到些微熱意即刻傾巢而出，成群結隊的士兵無視禁令，在入夜後一手提著手電筒，一手拿著鋁製臉盆，在島上每一個角落逡巡，有如沉默的燈會行列，以捕捉毒蟲浸泡烈酒。

那時時澄已經調到營部，不用再站崗，改為查哨。有一天時澄輪值下半夜查哨，與屏東人枝松搭檔，計畫在四個小時之內走完小島南部的每一個第一、第二線據點。剛出發沒多久，他們就被不知何時湧來的霧氣重重包圍。由於據點與據點之間的戰備小徑他們不管白天晚上常走，所以並沒有減緩行進的速度。枝松在前時澄在後，雖然濃霧使他們拉開了距離，漸漸失去對方的身影，但他們一如往常，只偶爾低聲交談幾句，主要是聽對方的腳步聲確認方位，畢竟查哨者行蹤必須隱密。他們先爬上島上最高處的平台，繞過松樹林，再橫越手榴彈投擲場，抄近路走上往無名礁方向的小路；這裡直下是海，南風帶著波浪聲席捲過崖上的草葉撲面而來，突然再也聽不到枝松的腳步聲。霧氣以更快的速度聚集，貼著島嶼每一吋或橫或豎的岩石和土地蜂擁而過。路不在前方只在腳下，時澄試著提高聲音叫喚枝松的名字，可以感覺得到用力發聲時耳膜的震動，但枝松的名字迅即在黑暗中遁走。時澄一開始並不特別驚慌，他想憑著對島上大小路徑的記憶和對方向的直覺，一定可以順著枝松的腳蹤抵達下一個崗哨。

但是下一個崗哨好像永遠抵達不了，時澄漸漸有些慌亂，突然憬悟到自己正站在一個無法確認的所在，從而對記憶和方向感完全失去了信心，因此有一陣子愣在原地踏不出任何一步；時澄徹底迷路了。他坐下，閉上眼睛喘了幾口氣，仔細傾聽海浪的聲音，以及其他可資辨認方向的聲音，比如說據點傳來的狗吠。手電筒和卡賓槍管沾滿了水氣，時澄汗濕全身。他再次起身，往各個方向走幾步，試圖做一個比較正確的判斷，以脫出意外的窘境，此時腳下是一片特別濕滑的草地，才走幾步，在全身重量正集中於左腳時猛然滑了出去。他的身體貼著懸崖滑降，而快速滑降會使得平時熟悉的引力暫時失去作用，彷彿處於失重狀態，進而產生漂浮的錯覺。漂浮帶來的快感代替了可能的驚叫，也許是了然於一切作為的無效，而有一種自棄的味道。

雜沓的聲音穿過彎曲而狹隘的縫隙，以一種遲緩而朦朧的樣態嗡嗡傳來，有如密室中的風暴，或是在夢之彼方洶湧的海洋。

屍體，被時間所棄置的屍體，沉於幽暗但溫暖的湖底。

月之行進，潮水的推移，擠壓著脆弱易裂的耳膜，撞擊著初初成形的心臟，撕扯巍巍顫顫的脊椎。

疲倦釋放了所有的痛感，而劇痛加深了倦意。在疲憊的頂點，當所有的感官失去作用，代之而起的是一種安詳、寧靜但無可置疑的快感，全面滲透意識之外層與內裡的極度歡愉。

當他再度感覺到光，同時也感覺到冷。他看到陰暗但已露出薄明的天色，空氣中隱隱傳來某種燒焦的味道，風吹拂著風景，像影片般倒退的風景。但他仍然沒有醒來。

他再一次進入不斷後退的風景，風景中交織著白色的蒸汽；方形的窗，很多方形的窗，風景在每一扇窗中複製。沿窗的一排座位，稀稀落落坐著幾個瑟縮的人影。古老的車廂，命運的逆旅；車廂中飄著燃煤的氣味和晶黑的碎屑。但時澄仍然找不到自己。

蒸氣機關車具韻律感的怒吼又一次催促時澄起身上路。在座位上，時澄終於看見了自己。

氣笛尖叫如潮。

時澄以為看見了自己，但那是另外一個小孩，落寞地坐在那裡，低頭專心吃一塊小芝麻餅乾。

突然有一種強烈的暗示刺痛了時澄，似乎是說：「媽媽也在這裡。」他感到強烈的想念，但她在哪裡？

「媽媽在這裡。」他知道，他必須告訴那個小孩，時澄大聲地呼喚，雖然他並不記得叫了什麼。他急切地想要引起小孩注意，不斷地呼喚，直到小孩緩緩抬起頭來，幽幽對他一笑。

從小孩緊閉的嘴形、大而澄澈的眼睛、雙頰上的酒窩，時澄立刻叫出他的名字：「秋林！哥！」他不確定秋林有沒有聽到。

時澄說：「媽媽……」他請求秋林去尋找媽媽，也許她在另一節車廂；秋林只是笑。

突然傳來一連串呼喚時澄名字的聲音，秋林也聽見了，迅即站了起來。

時澄說：「那是叫我；請你去看我的媽媽！」

秋林困惑地站在那裡，而叫喚時澄的聲音越來越急切高昂。

所有的景象一下子錯亂了，形成不規則的拼貼，好像一面難以辨識的旗幟。

時澄用力睜開雙眼，馬上又閉了起來。一方面是白晝的陽光刺眼，一方面，時澄被完全倒置的風景嚇了一跳：天在下而海在上。他又聽到好幾個人在相當距離外叫著他的名字。時澄重新睜開眼睛，準備翻身爬起來，才剛一動，上面的那群人立即發出恐慌的驚叫聲，「不要動，絕對不要動！」

反正他也不想動，時澄想，是你們一直在叫我；躺在這裡非常舒服，他覺得他甚至可以永遠這樣躺下去，即使是頭下腳上。

原來，在大霧中時澄完全偏離了正常的路徑，走到島上羊群所踏出來的小道上去了；那一帶遠離據點，坡度很陡但草較長較多，再下去百來公尺是由兩座突出海面的岬角所圍成的安靜海灣，過去常有解放軍兩棲部隊登陸的蹤跡，所以防禦工事也做得比較周到，舉凡前進碉堡、坑道、彈藥庫、壕溝、砲陣地、佈雷區一應俱全。時澄在滑倒之後一路下跌，由於坡度高達五、六十度，加速度驚人，最後不是在懸崖突出的岩石上撞個稀爛，就是直接掉入海中，成為魚群的野餐；他是被雷區上架設的鐵蒺藜硬是鉤住了野戰長褲而頭下腳上地停留在翠綠的陡坡上。由於一路壓折不少青草，那些殘枝敗葉發出新鮮而濃郁的香氣，加上霧散後無比明晰的視野，青天無雲，海水碧藍，好像死神又一次拒絕收留，卻將他拋擲到一個全新的、無比潔淨的世界。

島上作戰官手拿佈雷詳圖，指揮幾個醫務班的兵士輕緩地繞過雷區，將時澄抬到安全地帶，實施急救。他們認真而著急的臉在時澄的周圍晃動，時澄睜著眼睛，意識清楚，但他想他原來的表情一定呆滯近乎死亡，所以當時澄使盡全力想擠出一個笑容好讓他們安心時，看到他慘澹的笑，一個兵士竟大哭失聲。

這次意外讓時澄有好長一段時間飽嘗肉體的疼痛，而且留下不少永久的疤痕，但他似乎從頭到尾沒有感到害怕，也不覺得悲哀。尤其，能夠以至近距離再一次和死亡擦身擊掌而過，反而有一種不足為外人道的自得。

療養期間，傳來祖父過世的消息，他開始有些想家。在病床上，他不斷把滑倒之後一連串的神祕體驗拿出來咀嚼，特別是那奇異的夢境，充滿鄉愁的列車。秋林彼時正在歐洲讀書，軍中規定不准與外國通信，時澄又懶得請人轉信，他耐心地期待與秋林重逢的日子。

41

當時澄最後一次從外島回來的時候，雨季還沒開始，破曉時分基隆碼頭一帶都是霧，但地上卻是乾的。

秋林返國後和時澄取得聯絡，約好來接他。秋林開了整晚的車，在路上甚至幾次打起瞌睡，到了基隆，反而了無睡意。也許是聞到了久違的海洋與潮水的氣息，而且是在一天之中車輛最少的時刻。

他們約在火車站見，秋林先到盥洗室洗了一把臉，然後站在車站廣場邊緣抽煙。天色還有些暗，但各式的燈把廣場附近照得很亮。隔著內港的水面，隱約可以看見對岸客運碼頭一艘純白的大船，還有兩隻老鷹的黑影在高處盤旋。

突然時澄就已經站在他前面對他笑了。

「哥。」

秋林愣了一下，他以為時澄會穿著軍裝出現，而且他全身濕淋淋的。

「你怎麼濕成這樣？好像是從水裡冒出來的。」

「你怎麼知道？」

同一梯從馬祖回來的一些傢伙起鬨，藉著一點酒意，說好船一進港就一起跳海慶祝平安退伍；在碼頭上，污濁的海水令人清醒，最後只有兩個，一個一向臭屁的班長被大家很有默契地丟進海裡，還有就是時澄，在大家推推擠擠時不小心也跟著掉了下去。

秋林聽了做結論似的說道：「這，就是年輕。」

時澄搖頭苦笑，「這就是現實。」

時澄把身子弄乾，換了衣服，兩個人先到附近吃早點。幾年不見，秋林覺得時澄長大好多，已經是個沉穩的人。

「怎麼樣，」秋林問他：「久違的台灣？」

時澄說，在外島期間他並非沒有回過台灣，但他本來就把這次兵役當作一種放逐，藉以遠離長長的學生生涯積累的孱弱與浮誇，重新腳踏實地，並向那些以生活為書本的低學歷同袍虛心學習，所以除了偶爾寫信給家人，他完全不與朋友聯繫，也沒有人知道他曾經回來。他聽母親說，山楂、上將都在打聽他的消息；上將晚他一年畢業，據說已經去了金門。

時澄在營部當文書，義務役軍人一般不能返台，除非退伍或移防，但他卻陸續回過台灣三次，兩次是護送意外死亡者的骨灰回家，一次是陪一個幾乎把臉轟掉一半的自殺未遂者去三總住院。

吃過早點，他們信步走到碼頭上，霧氣逐漸消逝，天色已經大亮，但路燈仍未熄滅；船笛不時從遠處傳來。

「你有什麼計畫？」秋林問道。

「再說。」

「我不是問工作，我是說，你要回家還是？」

「能不能先在台北待一兩天？」

「好啊，我也很需要睡個覺。」

時澄目前只有兩個地方可去：秋林在台南教書，高雄有一個小小的建築師事務所兼住家；另外，家人也在故鄉等待，等待他的出現，或是他的終於不出現。這些年他跟家是疏遠了。

車子開上高速公路，穿過隧道，很快就看到基隆河在左邊宛延而來。一路上又蓋了不少新屋。

時澄隨口問道：「建築師，你對台灣這些新蓋的房子有什麼看法？」

「殺了我吧。」

進入台北市區，昔日熟悉的景物一一與記憶疊合，時澄才真實感覺到時間的快。在外島這段期間，刻意與過去保持距離，他覺得學到了好多東西。在那個缺水、不供電、沒有平民當然也沒有商店的小島上，在潮濕、多霧的日日夜夜裡，他完全沒有感到孤絕。不管在陡峭而泥濘的山路上和大家滾著沉重的汽油桶，連續幾天在烈日底下搬運糧食與彈藥，或是在接近冰點的夜裡站崗、行軍、查哨，他都覺得是此生最充實的一段時光；只要轉頭看一下海，看看分布在四周的沉靜島嶼，閩北層層疊疊的岬角、峽灣與山巒，看那些在兩三浬外成隊的漁船上輪廓優美已極的風帆，他就不再覺得累。他和姑姑一樣，對海洋有一種發自天然的孺慕之情，像這樣一整天隨時隨地都聽得到浪潮拍岸聲，常常讓他因為感到太幸福而激動不已。

台北才正是一天的開始，但一切都與他無關，他覺得除了軀殼，其他似乎都還留在島上，他仍不屬於這裡。他喜歡這樣的感覺。

應時澄要求，秋林將車子開到新生南路聖家堂附近，停在一條安靜而綠蔭遍地的巷子裡。反正這種時刻，不管訪友或到旅館休息都不太對勁，秋林先在車上小睡，時澄下車，越過新生南路，走進一條小車勉強可以單向行駛的巷子。景物依舊，但大部分房子都因住戶搬遷而荒廢了。他走到巷子最深處他多年前曾經住過的房子門前，輕輕一推紅色木門就開了。庭院裡雜草叢生，但兩棵桂樹、玉蘭和夏威夷椰子都還在。

打開客廳的門，聞到一陣木頭腐朽的氣味，但裡面算是乾淨的，最後搬離這個房子的人想必很認真地清理過才走。由於房子坐東朝西，後面緊貼軍營的圍牆，所以外頭儘管有陽光，這裡面仍然有些陰暗。時澄到每個房間探探頭，然後走進自己住過的那間。房間是空的，卻有好多影像一下湧進腦海，讓他腳步有些踉蹌。

他閉上眼睛，一片靜寂中，他突然聽到遠處傳來浪潮聲，好像又回到了島上。

他定一定神，他聽到的不過是新生南路上的車聲。突然有些落莫，離開小島只是前天的事，此刻卻覺得非常遙遠，尤其想到這輩子再也不會回到那個地方，因而覺得更遠。

他靠坐在窗台上，這裡以前是他放書桌的地方。窗外是庭院的一角，可以看到紅門。他想到山楂常常忘了帶鑰匙，有時晚點回來怕吵到他只好從門上爬進來，反倒弄得雞鳴狗叫，把整條巷子的人全部吵醒。那已經是多久以前的事了呢？那個人現在過得好嗎？

時間不只是快，時澄想，時間會吞噬萬物包括自身，簡直是兇險。

曾經，他給自己十年的期限，如今忽忽已經過去一大半。

他想向秋林描述那個奇異夢境。

42

一點四十五分，我們已經到了湖上，湖岸好像在我們前面遠遠地退去似的。我們直趨東岸一個深色的地岬，但水淺難行，不斷把我們迫離了進路。

這時的湖上有如死一般沉寂，這是從沒有船隻來過的地方。南方和西方的天際十分清朗，水天相接的情景和大海上沒有區別；南南西好像有一對齊柏林飛船飛航在羅布淖爾的上空。東南方的地平線上有黑色的物體，好像一些騎馬的人，但它們一動不動，只有受熱的空氣上升時引起一陣顫顫的波動。

船伕們流著汗把船拖過崎嶇的泥底，沉澱層下面有一層堅硬的結晶鹽質，除了極度疲憊，他們的腳也疼痛難忍。

我們改向東北，朝一個最近的小洲走去。我們在暮色中踏上一個不知名的陸地，堅硬的鹽質地面，鐵鏽似的褐色表層，片草不生。於是把船拖到岸邊，就地紮營。

六塊甲板放在地上做了我和陳的床，上面放了帆布和毛毯。巴貝丁烹製了他捉的魚，還在水上做了「希司里克」，維族常吃的烤羊肉串。夜間飛行的水鳥在空中鳴叫，星光照得十分燦然。

第二天清晨起來，看不到南岸和東岸的陸地，一層輕霧籠罩了羅布淖爾湖面。

43

時澄和秋林坐在信義路一家咖啡館中，聊著分開這幾年發生在彼此身上的種種，也談到家人。

秋林說：「你知道你二伯最近簡直改運了。」

「不知道。」時澄一向對成淵的事不聞不問。

「你一定不相信，他現在變成了專業畫家，已經舉行過幾次展覽，被一些因房地產致富的人將他炒得炙手可熱，在南部風光得很。」

時澄搖搖頭說：「難以相信。」他所知道的伯父，邋邋遢遢，愛喝酒，抽煙時拿煙的手抖得很厲害，兩眼無神，在牢裡曾經跟一個老左讀書，嘴裡喜歡拾幾句《資本論》的牙慧或毛主席的金言警句，動不動就說誰「剝削」了誰，誰又是「反動」的「階級敵人」，還有什麼「革命不是請客吃飯」等等，既沒有看他拿過畫筆，更不要說他現在還變成流氓資產階級的同路人。

秋林說：「他畫油畫，也寫小說和詩。」

「那題材想必是工農兵或是他的牢獄生涯囉？」

「那倒不是，都是女人，而且非常官能取向，第一次在台南展覽，主辦單位還在他每一幅裸女畫像的下半身掛上遮羞布，經過報紙一報導，反而轟動一時吶，笑死了人。他的畫室在高雄一座大廈裡面，有一個可以當他女兒的人跟他住在一起，當他的模特兒。」

「騙財又騙色，真是家門不幸！」

秋林笑了笑說：「你不要這樣說他嘛，他這一輩子吃了不少苦頭，人總有過好日子的權利對不對？」

「誰管他！」

「如果你下來南部，我帶你去看看他，他常念到你。」

「你也不是不知道，我和他就是不對勁，他對我講話都是用命令句，連我爸都不會這樣跟我說話，我最不吃這一套了！」

「他們那一代許多男人都是這副德行，也許是戰前日本斯巴達式教育的結果吧，我相信他並沒有惡意。」

時澄打斷秋林的話，說道：「哥，我想問你一個問題。二伯父出事的時候你幾歲？」

秋林想了一下說：「七、八歲吧。」

「那我媽媽帶你去火車上和二伯父會面的事你可都還記得？」

秋林點點頭，說：「大概記得，不過畢竟隔太多年了，而且我有時很睏，迷迷糊糊的，你要問我一共去了幾次、發生了什麼事、說了些什麼話，可能就有些搞不清楚了。」

時澄於是將他在外島查哨發生意外時所見景象說給秋林聽。

秋林聽了，說道：「你說的就像一場夢，我自己也好幾次在夢中回到那一列火車上呢，感覺就像你說的那樣，好像老舊的黑白電影。你媽跟你提過這件事？」

「嗯，」時澄又問：「你一直都跟在我媽身邊嗎？」

「對啊，」秋林停了一下，說道：「也不盡然，你二伯哭，你媽媽也跟著哭起來，兩人一直流淚，說話哽哽咽咽，但沒有太大聲，我在旁邊也很不好受；她會拿一包糖果或餅乾給我，叫我乖乖坐在位置上，然後和你二伯到旁邊去說一些話。」

「旁邊？」

「到車門附近……或是車廂和車廂之間的過道說話吧，我也不太確定。你二伯那時很慘，像是驚弓之鳥，隨時都可能被抓，見個面、講個話總是閃閃躲躲。」

「聽起來好像你已經很懂事了。」時澄說。

「我又沒那麼小。」

隔天秋林送時澄回故鄉，隨即南下處理積壓的公事。

母親看時澄在外島歷練過的身體，比過去學生時代的蒼白稚嫩強多了，很感欣慰，接下來又為時澄的職業煩惱起來。

「你爸爸雖然有些朋友，但讓他去跟人家問問有沒有缺人，他就推推托托，深怕欠人情，到現在都沒有消息，真是沒用！」

時澄要她不用擔心，他會聯絡一些學長，也打算過幾天就上台北看有沒有機會。不久秋林來電，說南部有一個工作機會，是一個專門代銷房屋的廣告公司，接的企劃案都很大，需要能撰寫文案的人，薪水還不錯，希望時澄儘快下去。

在家待不到一個禮拜，時澄就南下高雄，暫時和秋林住在一起，並開始他第一個工作。當他領取第一筆薪水時，興沖沖地打電話給秋林說要請他吃飯。秋林到了約定的地點，身邊還多了一個人。時澄一看臉都綠了。

「時澄，」秋林拉著時澄二伯父說：「快向介紹工作給你的人道謝吧。」

時澄一愣，差點走人，最後還是訕訕地坐下來，不甘不願地點點頭，然後恨恨瞪了秋林一眼。

秋林和時澄都點商業餐，成淵卻點了價位很高的炭烤丁骨牛排，還要了一瓶紅酒。酒先來，成淵給大家都斟上一杯；他從口袋拿出一大包藥丸，抓了一小把塞進嘴裡，然後拿起酒杯，含糊地說了一聲：「乾杯！」即一仰而盡，順便把藥丸吞下。他看兩人都呆呆望著他，笑了笑說道：「哈，是胃藥啦。」好像很無辜的樣子。

這一餐把時澄的薪水吃掉三分之一，但最讓時澄消化不良的是二伯的在場。典型的白吃白喝，屁話又多，自顧自說得眉飛色舞，一下勸秋林多吃，一下抓著時澄乾杯，好像請客的人是他。

吃過飯，成淵堅持開車載他們到西子灣逛逛，又開上壽山看夜景，還把他們帶回畫室。成淵介紹住在一起的少女阿增給時澄認識；秋林和她先已見過。阿增膚色稍微黝黑，穿著寬鬆的翡翠色蠟染棉布袍子，把長髮盤在頭上，看起來並沒有秋林告訴他的那樣年輕。

二伯問時澄：「你猜她幾歲？」好像很得意的樣子，讓時澄覺得有些噁心。他搖頭說不知道。

二伯又說：「足歲剛滿十五，不相信吧？」時澄看著阿增苦笑。

阿增給他們準備了威士忌、冰塊、杯子和兩盤花生、杏仁之類的堅果。時澄看了看想問秋林他們這是在哪一家酒吧。他不想再跟二伯豁，就到工作室看畫，角落有一台音響，他隨便選了一張唱片就放，一個女高音的歌劇選曲。在一看就知道是高價位的音響組合中，傳出一陣迭宕起伏卻溫潤無比的人聲，在室內迴繞，詠嘆的無非是古典但永恆的情愛與悲懷，時澄很快就將一整晚的不快丟在一邊。在這樣的詠唱中，畫架上那些真人大小，已完成或未完成的裸陳女體，挑逗的眼神變得空洞，而豐乳肥臀都帶著死亡的況味，一點也感受不到淫猥的氛圍。只有當他想到這些畫將要被什麼樣的人收藏，而畫價是以它的尺寸計算，才讓時澄覺得是一種褻瀆。

漸漸時澄對二伯父不再只是一味反感，唯有把一個未成年少女視為禁臠這件事，仍教他不能釋懷。後來伯父送他一套山水音響，他沒有拒絕，但伯父畫展時他就默默去幫忙佈置或是接待。

他偶爾去伯父住處借書借唱片，每次看到阿增都感到有些難過，甚至微妙的罪惡感。有一次伯父不在，畫室只有阿增和他，他問正在繃畫布的阿增：「你是哪裡人？」

阿增說：「台東關山。」

時澄忍不住跟阿增說：「你為什麼不走呢？」

阿增聽了滿臉錯愕，把眼睛睜得大大的，「你說什麼？」

「阿增，你跟這樣一個頹廢的老酒鬼在一起做什麼呢？」

「我不懂你的意思。」

時澄走近她，說道：「你老實講，他是不是用什麼見不得人的方法控制了你的行動？」

見阿增微張著嘴說不出話來，時澄又說：「你還這麼小，他憑什麼糟蹋你？你老實說，我一定幫你脫離他的掌握，相信我。」

阿增問道：「你看我是被他糟蹋的樣子嗎？」

時澄反問：「難道不是？他憑什麼擁有你？不過是拿一些甜言蜜語騙你，其實是垂涎你稚嫩的身體。變態！」

「時澄，」阿增說：「請你不要這樣說你伯父好嗎？我知道你在想什麼，也感謝你的好意。很多事你是不懂的，我只想告訴你，不是你想的那樣，我很好，我們不要再說這個了好嗎？」

時澄忿忿地說道：「你中毒太深了！」

阿增只是笑笑。

八〇年代初期開始的一波房地產不景氣，許多炒地皮的收藏家落跑，畫廊關門大吉，使得伯父的畫作不再像往日那樣受市場歡迎，他倒處之泰然，「不過少畫幾幅裸女。」他說。也真是這樣，他固然喜歡以畫筆讚美女體，但一畫再畫不過是應付市場的需求，如今倒可以多畫不一樣的題材了，包括原先時澄猜測的，中下階層生活的寫真，以及囚牢歲月的記憶。這樣的畫作時澄頗有好感，題材倒是其次，而是就像他對秋林說的，「筆觸充滿了文學感。」

這樣的作品，很快又幫伯父創造另一個高峰：反體制政治運動風潮，加上股市狂飆帶動的第二波房地產和藝術市場景氣，讓收藏家和藝術家都給予他比裸女時期更熱烈的擁抱。但這一次不一樣的是，畫家傅成淵不再像以前那樣賣力生產，當然體力明顯的衰竭也使得他不得不然。旺盛的體力，旺盛的情慾，同樣旺盛的生之慾，是他所有想像力的源泉。身體的老化教他非常沮喪，酒喝得更兇了。

時澄在廣告界待了五年，後面兩年在台北，然後轉往唱片公司擔任文宣企畫，偶爾寫寫歌詞；他寫的幾首歌詞還曾經傳唱一時，感傷一路的，母親有時會用誇張的哭調唱兩句，然後說：「靡靡之音。」

秋林的事務所也搬上台北，時澄除了公事，越來越少到南部去，有時一年見不到一次伯父和阿增。阿增雖然比初見時成熟了許多，但仍充滿少女的嫵媚，而且忠心地陪伴在多病的伯父身邊。

一天深夜，時澄接到阿增電話，伯父有狀況，要他和秋林趕快下去。秋林新購一輛歐洲進口的轎跑車，兩個人像測試員一樣輪流飆，一路上超了不知幾輛運報車，平均時速接近一八〇，兩個小時不到就下了高雄大順交流道。

秋林說：「過癮，好像在德國。」

「等接到一疊超速罰單時你會更過癮。」時澄看著他說。

到了成淵伯父住處，醫生剛走，阿增坐在床邊，床頭吊著一個點滴瓶，可以聽到床上傳來呻吟的聲音。他們看成淵閉著眼睛，好像睡著了，就到客廳坐，阿增把房門關上，跟著出來。

看到阿增並沒有愁眉苦臉的樣子，秋林問：「怎麼樣，要不要緊？」

阿增說：「他這個人最糟糕了，有病也不去看醫生，一定要到痛苦得半死的時候才……這幾天他一直喊這裡痛那裡痛，說心臟不舒服，又說肚子和背上都有硬塊，自己判斷是末期癌症，哭哭啼啼地，要我通知你們下來見最後一面。我打電話給你們，也找了醫生。」

「醫生怎麼說？」時澄問道。

阿增說：「重感冒。已經給他打了針，吃兩天藥應該就沒事了。他知道你們趕到，怕你們罵，才開始發出呻吟的聲音。」

兩個人連罵都懶得罵了，到客房倒頭就睡。醒來的時候，阿增已經在桌上擺好早點。他們把阿增說要留給成淵的也一起吃掉，然後敲成淵的門，裡面聽到敲門聲，馬上開始哼哼啊啊起來。

兩個人一臉肅然開門進去，走到床邊，時澄搖搖伯父的手，以哀傷的語氣說道：「我們要回台北了，不知道有什麼遺言要交代？」

伯父一聽叫得更大聲，阿增站在門口，不好意思笑出聲來，掩著臉全身亂顫。

44

時澄想到這個伯父，只覺又好氣又好笑。他很少將成淵和成蹊擺在一起，有時他甚至懷疑所謂這兩個人是雙胞胎的說法。明明一個是滄桑歷盡的老人，一個卻是喜歡惡作劇的頑童；該不會當年在醫院被抱錯了。也許唯一相近似的，是一種稍帶詭譎的命運：他們總是不自主地被暗潮兇暴地推離安穩的、可預測的、一般人所謂平安幸福的軌道，留下一長段一長段的空白，因為不被理解，因為忽略，因為背棄；或者更多是因為自我放逐。

他花了整整兩天才將姑姑的房子清理得差不多，然後將家具、地板都覆上了白布。離開的時候，環視房子，那天陽光非常飽滿，透過所有窗口，照在漫天蓋地的白上頭，讓時澄覺得自己通體都是亮的，摩頂放踵，像水晶一樣透明，像水一樣可以流動，像火焰一樣乾淨，好像這裡是時澄在這個世上僅存的至高聖所。

回醫院之前，時澄特地搭車到新宿，買了南瓜布丁帶過去，這是時澄十歲姑姑第一次帶他出遊的時候吃到的異國美味，如今嘗來，其感受或將異於往時。

時澄對甜食又愛又恨，看到可口的蛋糕總是禁不住誘惑，稍微多吃點腸胃又會不舒服半天。整理姑姑房子的時候，在儲物櫃的一個紙盒中發現他寄給姑姑的幾張明信片，多半是出國時在不同城市寄回來的，其中有一封寄自倫敦。

那是他第一次去倫敦，接近聖誕節，街上鬧熱滾滾，他為了入境隨俗，刻意不去吃境外料理，什麼中國菜、法國菜、義大利菜，可是又不清楚哪裡有好吃的英國餐館，結果連續幾天都吃炸魚配薯條，所謂 Fish & Chips，吃得有點火大，差點跑去吃從來不屑一顧的麥當勞。

有一天經過一家大食品賣場，是招牌上鐫著皇家標誌的百年老店，裡面陳列了數十種紅茶、各色咖啡、果醬、巧克力，無數燻製肉類、魚類，空氣中漂蕩著香濃甘甜的味道，教人充滿食慾，而且覺得活著真好。時澄到店中附設的茶屋小坐，點了一杯薄荷紅茶和侍者推薦的聖誕布丁。冰冰的香蕉布丁淋上熱騰騰的巧克力醬，淋醬中有新鮮藍莓、葡萄、橄欖和杏仁、核桃等，布丁旁邊還裝飾著用巧克力和果醬所做的聖誕樹葉與漿果，惟妙惟肖。當第一勺布丁放進嘴裡的時候，他當下就原諒了英國。

就是在這一天，他給姑姑寄了一張明信片，一面印有大英博物館希臘古瓶上一群美麗的少年、少女半躺在床上喝酒、談話、聽豎琴演奏的宴會現場即景。他寫道：「一塊聖誕布丁救了我的英國之旅。」既然說到甜點，他順便向姑姑提起：「我最近認識了一個用牛奶和巧克力做的朋友。」

他叫葉淨，酷愛甜食，時澄有一陣子常常要帶歌手到攝影棚拍照，葉淨是攝影助理，理著光頭，五官突出，工作、走路、講話都是訓練有素般俐落，看起來非常年輕，也確實很年輕，高中沒畢業，跑到攝影棚毛遂自薦的。他在攝影棚裡面總是一張笑臉，對著人笑，對著機器也笑，整天看他都像是在跳舞似的。休息的時候，有人抽煙，有人喝可樂，有人嚼滷味，他泡熱咖啡，吃士力架巧克力棒；收工的時候，有人吃便當，有人呼呼大睡，他泡杯熱咖啡，吃士力架巧克力棒。一張臉就像在天堂一樣。

有一次時澄帶了一個很難搞定的中牌歌手上攝影棚，大家都受了些氣，事後時澄給棚裡每個人送了個小禮物，特地挑了一盒手工巧克力送葉淨。那天是二月十日，突然有人起鬨，說再過幾天就是情人節，時澄莫非在把葉淨；時澄臉一紅，連忙說純屬巧合，反而葉淨神態自若，無限滿足地抱著那一小盒巧克力，好像是在說，我無所謂。

約莫過了四、五天，時澄意外接到一個深夜電話，是葉淨，第一次給他電話，邀時澄出去拍照，時澄說他拍照是傻瓜相機那一級的，葉淨說：「誰要你拍？是我要拍你，請你當我模特兒。」時澄抵死不從，說相機對他來講就像照妖鏡，他連鏡子都不太照，更別說照相了，他不想原形畢露。葉淨就說：「對，你怎麼知道你很有型？」

葉淨計畫去北橫取景，時澄禁不住誘惑，去了，但說定只是拍好玩的，不能發表。第二天一早，葉淨騎著他一台拼裝的重型摩托車，載著時澄從大溪上山，經巴陵、棲蘭、仁澤溫泉、翠峰湖，又回頭往南走中橫支線，一直到兩千多米高的思源埡口才折回，前後五天。那一年冬天不像冬天，早早把山區的野櫻、蜜桃、水梨、蘋果都騙開了花，一路上彷彿都在花園中穿行。葉淨想想還是拍花、拍鳥、拍山，也拍了不少泰雅人和榮民，教時澄如釋重負。

其實一路上還看了些什麼時澄根本沒有印象，大部分時間，他坐在後座，專注在另一件事情上。剛開始，他的雙手或是搭在葉淨骨肉曲線分明的肩上，或是謹慎扶著葉淨細瘦但顯然結實的腰，這是時澄第一次觸摸葉淨年輕的身體。葉淨好像天生不怕冷，只著一件毛裡的薄外套，而穿著蓬鬆羽毛衣、戴著一雙毛手套的時澄可以完全感知這個小孩，他的手在加油、煞車或是腳在換檔時身上肌肉的緊繃和鬆弛。第二天，時澄慢慢將雙手延伸到葉淨的腹部環抱著他，有時還藉口說有些倦然後將整個身體緊緊靠在葉淨背上，他的臉貼著葉淨的後頸，貪婪地嗅吸著葉淨毛髮、皮膚所散發出來的教人輕微暈眩的美好氣味，也就真的感到無限疲憊想要就此睡去。

葉淨並沒有阻止他，還是一樣偶爾撇著頭跟他說說笑笑，大部分時候則是沉默地履行一個車手的義務，全神貫注在前方的路況上。當葉淨的身形陡然起伏、筋肉瞬間緊繃推擁著時澄，或是心跳稍稍失去了規律，時澄都以為是葉淨對他的雙手和身體冒險求索的正面回應。他最後還裝作無意地將雙手**賤賤地**往上擺在葉淨的胸部，或是垂放到人家的下腹部。時澄只記得自己的緊張和興奮。

第三天突然寒流來襲，山風如刺，時澄更有理由將葉淨抱個死緊。當他們抵達支線的最高海拔點思源埡口，沒想到漫山遍野正飄著細雪。他們興奮地下車，又跳又叫，葉淨不但忘了拍照，還出其不意地抱著時澄的臉頰頻頻親吻。時澄整個人都麻木了，一陣激烈的耳鳴發作，教他聽不到什麼聲音，也感覺不到寒冷。

但是時澄害怕他或已身處懸崖的邊緣，他不知道再向前一步會不會就是萬劫不復的深淵。他的探索到此為止，他耐心等待葉淨的答覆。

由於這趟旅行，他們成了貼心的好朋友，一起逛街、逛畫廊、看電影、看表演，只有他們兩個，沒有別人，一個禮拜總有許多工作外的時間黏在一起，好像有講不完的話。有時葉淨整晚必須待在暗房，時澄沒事就去陪他，乖乖當他的助手，學著幫他調化學藥劑，以及沖放作業收尾的顯影、定影、烘乾程序。

葉淨平常有說有笑，一進暗房倒像變了個人似的，睜大眼睛檢查底片，躬著身子對焦，拿碼表一次又一次地試驗理想的曝光長度，專注的樣子好像一個正在進行祕密實驗的科學家。在一片紅艷的燈光底下，房間中的所有線條都比平常柔和許多，葉淨靜止不動的身子彷彿透明的幽靈，他長長的睫毛泛著金色的光，四周吊掛著剛沖好的相片，一些剛被呼喚出的**過去**，時澄常杵在一旁發呆，好像望著一個脆弱的夢境，當紅色燈泡切換成白色燈管這一切將立刻消失不見。

走出暗房通常天已大亮，外頭都是禽鳥清脆的鳴聲，他們稍事盥洗，葉淨就載著他出去吃早點，然後才回來睡覺。葉淨是那種一躺下來，你只要數一二三馬上就聽到他輕微鼾聲的人，而且四處翻滾，有時像是親密地抱著時澄，有時卻仇敵般一直踢他，常常睡到一半不得不醒過來因為葉淨的腳正擱在他的肚子上甚至臉上。葉淨兀自睡得甜熟，而時澄一刻也沒睡著，但他並不以為苦，他需要這種不須證明的親密佔有。

時澄最喜歡跟他玩一種遊戲，讓葉淨閉上眼睛，張開嘴巴，然後將一粒巧克力糖放到他的舌頭上。葉淨會一直笑，而時澄也對那稚氣的笑容百看不厭。他總是設法買不一樣的巧克力或其他軟糖，當葉淨閉起雙眼，將嘴打開，伸出舌頭，微微將頭抬起，臉上都是笑意，不知道時澄要將什麼放在他舌上，因此又有一種好奇的、期待的表情，空氣中充滿懸疑，愛的懸疑。

他們也就這樣維持著親密的關係，直到葉淨入伍。他們都很享受互為伴侶的快樂，甚至有些依賴對方，但也就僅此而已，並沒有進一步發生過什麼。

葉淨在軍中很少放假，時澄想念他，寫了很多信，而且越寫越露骨，簡直是求愛告白；葉淨並不傻，他照舊給時澄回信，寫他的生活，讀了什麼書，看了什麼電影，行軍，演習，種種不可思議的事情，就是沒有一個字回應他的熱情與渴望；如果還提起「最近認識了一個朋友，人很好，很可愛」之類的事，那更是雪上加霜。時澄先是會覺得沮喪、懊惱，然後是感到絕望，接著就惱羞成怒起來，故意一段時間不回信，表達他的憤怒與懲罰；但只要接到葉淨來信，說「好久沒收到來信了，想念你」，他又立即原諒了他，並重新燃起希望，一封又一封濃情蜜意的長信以限時專送寄去。兩年間都是這樣的重複。

葉淨退伍了，還是一臉的稚氣，身體卻多了點成熟的況味，時澄每次見到他心就亂，進退失據，簡單的話都會說錯。為了彌補這兩年的聚少離多，時澄百忙中抽空帶他去東京好好玩了一個禮拜。那時正值一、二月之交，冰天凍地，姑姑和友人去別府溫泉避寒，彼此並沒有見面。他們選了一天去鎌倉，在古老街道、寺廟間逛了整整一天，才搭江之島電鐵去投宿一家濱海的旅館。

夜裡時澄照例睡得不安穩。旅遊淡季旅館空房多，住雙人房，一定給twin（兩張單人床），不像住房緊張時很可能會配到double（一張雙人床）；時澄渴盼後者，但事與願違，好像天意如此。

睡前他們到旅館的酒吧小坐，與幾個東京來的少年少女聊上了，時澄權充即席翻譯。那群人看起來都是二十歲上下，開朗健談，很快就和葉淨打成一片，時澄翻譯當得好累，看葉淨樂在其中讓他沒好氣。他們說是來衝浪的，時澄剛聽到時有點轉不過來，「在冬天的海上，衝浪？」又追問一次確認了才翻給葉淨聽。

時澄好不容易睡著時天都快亮了，等他醒來已是十點，葉淨不在床上。

空著肚子往海岸走去，右前方是小小的江之島，它的後方，在海岸線的極遠處，朦朧朧浮出富士山白玉無瑕的輪廓。

這是一個典型的沉降式海岸，在離海面三、四十米遠處突然崩塌，成為綿延數哩、約五、六層樓高的懸崖，但已經修築人工堤岸。堤岸上有廣袤的停車場，空蕩蕩的淡季，只見幾個溜直排輪的小孩。此外就是一個歐風餐飲店，店外有一片寬闊的露台，松木原色的欄杆和地板，上頭擺了十數組乳白色桌椅。由於天冷，也沒坐幾個人，大家多半擠在溫暖的室內。裡面沒有葉淨，也不在外面。

時澄進去買了燻肉三明治和咖啡，萬般捨不得地走出店門，暴露在接近零度的海風中。厚厚的雲快速游走，太陽不時露臉虛應虛應故事。時澄坐在露台邊緣，腳下二十米處就是沙灘。數十羽飛禽聚集沙灘上覓食，遠看像烏鴉，突然撲翅飛升，竟就陸續掠過時澄近近的眼前，才知道是老鷹。過去看老鷹，都是在高空盤旋，第一次老鷹在自己雙眼的水平線以下展翅翱翔，可以看見它們的背部；要不就是在幾乎觸手可及的上方不遠處翻飛。老鷹的身軀比想像消瘦，因此也沒有想像中猛禽該有的橫暴，只像是耽溺於嬉戲的孩童。

當鷹群呼嘯飛向左方有小河入海處，時澄才滿足地收回視線，帶著激動的心情，吃他手上被鷹群覬覦過的早餐。咖啡都涼了。

這時他才真正把注意力放到波濤洶湧的海上。從沒看過那麼高的浪頭，名副其實的排山倒海，一波波撲向沙灘。就在那些年輕浪頭間，出現一個又一個人影。冬日衝浪者，穿著濕式潛水衣，裸露頭部和手、腳掌，疾馳於奔浪凜冽的懷抱。當巨浪終於吞噬了他們，他們再次回頭，趴在浪板上划水，划向另一個美麗而結實的新浪。

時澄一動不動將自己緊裹在風衣中，喝著冰涼的咖啡，越發覺得冷得難受，從而無法想像那些勇敢躍入寒冬波濤中的人類，為什麼自己和他們差那麼遠。其中一個人類，在沙灘上隻手抱著浪板，抬起另一隻手望他這邊猛揮，定睛一看，差點沒教他被冷咖啡嗆到。那不就是葉淨！

這個騷包，哪來的一身配備，也在那人模人樣，不過就是隻水獺。時澄向他也揮了揮手，那手勢搖擺無力，分明道出輕蔑。可是葉淨回頭就衝入浪中，也學人家划水，無懼於逆勢而來的洶洶波濤。在足夠遠處，終於等到理想的浪身，葉淨顫巍巍側身半蹲半立板上，時澄不禁也站了起來，還沒站好，葉淨已經又掉入水中。時澄有一陣子看不到葉淨浮起，胸中一陣撕絞，正不知如何是好，那隻水獺已經又浮現波谷之間，搖頭擺尾繼續划向海上。

陽光在雲朵的縫隙毫不遲疑地將起伏的海面染成金色波濤，那些踏著金色前進的少女與少年，彷彿海神波賽頓的行列。時澄突然感到非常虛弱，也前所未有地，強烈感到老，悲傷而老。

正午時分，玩夠了的葉淨跟著幾個人走上了崖岸，時澄走過去一看，原來是昨晚酒吧遇到的那幾位。他們倒不忙著跟時澄打招呼，仍興奮地繼續海的話題。葉淨一個日本字不懂，卻也跟他們嬉鬧得很起勁，那笑聲聽起來好像他和他們本來就是在一起的。東京一族從自己的車子裡拿出加倫桶，男的把緊身泳衣拉到腰間，裸著上半身，互相沖水。時澄站著，任刀刃般的霜風刮臉，又把風衣打得拍拍作響。

回到台北，葉淨開始工作，兩個人見面也就少了。時澄知道他和葉淨的美好時光已經過去。葉淨永遠不會屬於他的世界，就像他永遠無法走入海神的行列。

時澄趕到醫院，姑姑正醒著，看到時澄帶去的南瓜布丁，表情很複雜，有些錯愕，又有些欣慰，好像那裡面也埋藏著她很多美好的過往。她拿在手上，先深深吸了一口氣，充分嗅聞之後，才開始吃第一口，含在口中，慢慢吞嚥。她的神情極為專注，唯恐錯過什麼似的。

「好吃嗎？」時澄問。

姑姑笑著點頭說：「我可以死了。」

一陣淚意湧上時澄的眼眶，倒不全是哀傷，而是為做對了一件重要的事而激動不已。

他跟姑姑說，如果隔天有機位，他想先回台北一下，處理完有時限的公務，再回來陪她。姑姑請他放心回去，也不用急著回來，她覺得很好，說時澄來陪她這麼多天夠了。

「姑，」時澄有些遲疑地說：「關於小時候我爸爸為什麼要帶著我老遠跑到國外來，你答應過，要告訴我。」

姑姑稍露訝異的神色看著時澄，問道：「你到現在還不知道？」

時澄搖搖頭。

「還是想知道？」

時澄點頭。

姑姑輕輕嘆了氣，凝視著時澄的眼睛。

「可是知道了又如何，時澄？原因或者理由並不能取代事實。就那件事而言，**事實**是你父親的驚惶和你的錯愕，是你們長年在異鄉的孤獨和徬徨，是你們互相的折磨和恨意，以及在遠方你母親的無助、整個家族的分崩離析，但這一切並不能夠因為知道了原因而被取消！」

時澄的雙眼也定定回視著姑姑。

「你並沒有回答我的問題。」

「喔。」姑姑沉吟了半晌，「簡單地說，你是你媽媽和成淵的孩子，時澄。」

時澄聽了，緊緊閉上雙眼，腦中有一陣空白的時刻。接著是一堆影像從各個方向快速跑過腦海。母親的許多張臉，父親的許多張臉，還有**那個父親**的許多張臉。他的心撲撲地跳得很兇，眼角有淚水流出。姑姑抓住他的手握著，兩個人的手都在發抖。

時澄將姑姑的手放到被子裡面，然後走進洗手間，關上門，洗了把臉，又在裡面待了約莫半個鐘頭才出來。

姑姑以憂傷的眼神看著他，時澄對他笑笑，「我沒事。」

然後他向姑姑描述外島那個夢境。

「很詭異，」姑姑說道：「不過好像就是那樣，那一切，就發生在集集線的早班車上。」

一列幽靈般的火車，裹著雪白的蒸汽和漆黑的煤灰，以巨大的聲響轟轟駛過時澄眼前。

姑姑的說話聲在時澄耳朵裡面彷彿有回音，時澄像在傾聽一個女巫誦念命運之書裡面的神祕字句，每一個字都嗡嗡作響。

「在我的孿生兄弟出事後，全家人都陷入一陣恐慌。一樣是面對強大的壓力與不安，你爸爸有些精神崩潰，身心癱弱了好幾個月，他沒辦法和媽媽做那件事，你知道我的意思；你二伯父在恐懼中逃亡，居無定所，生命危在旦夕，卻產生抑制不住的亢奮，不意成為你真正的父親。

「所以你媽一懷孕，她和她的丈夫一開始就清楚知道肚子裡的小孩是誰的，其他家人當然無從知道。你爸並沒有將這件事掀開來，也沒有公開和你媽決裂，他只是冷落你媽，而且明顯帶著譴責、厭惡的態度。這下子輪到你媽幾乎崩潰，以致你差點就流產。

「當你媽在崩潰邊緣，沒有人可以訴說也得不到任何安慰的時候，我注意到她終日渾渾噩噩、滿臉蒼白，樣子非常難看，開始找機會跟她談，問到底發生什麼事。你媽起先不願說，但後來實在承受不住了，在我面前大哭一場，然後把發生的事說給我聽。

「不要忘了，我那時還是你爸爸的『哥哥』，你媽敢跟我傾訴，一方面鼓足了勇氣，一方面她實在活不下去，有些豁出去的味道。她是帶著哀憐的心情答應逃亡中的成淵要求的，她眼看成淵落魄的樣子，想到死神隨時會對他揮出鐮刀收割他年輕的生命，她不忍拒絕，就像一個母親無法拒絕她飢餓的小孩一樣。那件事，既是男女愛欲，卻又不能解釋為一般的男女愛欲。但是你父親認定那是一個不可原諒的背叛，而且懷疑其中有愛意流動。

「當你出生以後，其實你爸爸馬上就接納你了，他一直深深愛著你，這好像很難解釋，但好像也不難理解。也許他本來就是一個非常喜愛孩子的人。為了你和弟弟、妹妹的幸福，他可以暫時忘記他妻子的背叛，拿一張看不見的紙黏貼在那道隱密的裂痕上，而致力於營造一個美滿的家。

「可是他害怕那個專門闖禍的哥哥終究要回來，出現在他和他的妻子之間，撕開那張貼紙，強奪你母親的心，並且將你帶走。於是在你二伯父，也就是你的親生父親出獄前夕，他帶著你匆匆出走，對他而言，那是一次避免毀家的淒絕逃亡。

「這是這樣，你母親對他的愛落空了，他對這個家的愛落空了，而你跟著飽受折磨，其他家人也傷痕累累。你不能說這一切不是起於愛，可是也很難確定這愛是真正的愛。唯一可以確定的，是在我們這個家族裡，有人以愛為名，給這個家帶來了種種誤會、怨憎與不幸。」

45

輕柔的東南風吹皺了湖面。湖水極淺，我們量得最深是七英吋多一點，最淺只有三英吋不到，到了這個地步我們的船就不能走了。巴貝丁和阿里很小心地拖曳著船前進。

我們停下來，船伕們往南試著去找一條較深的水道。他們簡直像走路一樣行去，背後留下被他們所攪起來像墨水一般黑的淤泥。經過考察，淤泥底下是一層很粗的沙，再下去則是一層三英吋厚的結晶鹽。由於有庫穆河不斷流注，湖北部的水含鹽量只有百分之三，嘗不出鹹味，算是淡水。

陳與赫內爾曾沿湖步行一周，知道這是一個不算小的鹽池，南北長一二五公里，最寬處七十七公里，面積約三千平方公里。相對於她的浩瀚，她的水深顯得太不成比例了。我們不管往哪個方向前進，很快就碰到障礙物，有些地方湖床已經緊貼著湖面。很顯然地，測量全湖應在深秋時去做，那時秋汛已經全入了羅布淖爾，使湖的北部和南部一樣可以航行。即使平均深度不足，但這樣的水域遇到風暴，仍然會捲起大浪，而我們坐的這種獨木船，船緣很低，容易進水，對橫渡羅布淖爾這樣的水域是非常危險的。一九〇〇年初夏，我在塔里木河沿岸的湖沼中曾經幾次遭遇大風浪，嘗過翻船的滋味；四個船伕從沒有一下見過這麼多水，所以對危險還沒有清楚的概念。

如果要來回航行羅布淖爾全部水域，需時五天，還得沒有遇上風暴，然而我們為了減輕船重，一共也只帶了五天份量的飲水和食物。考慮到安全，我和陳稍事商量，即決定就此結束在羅布淖爾的考察，回返八十二號營地。

我們在湖畔的高處又發現許多分散的墓地，其中有一處共十二座墳，都已經被挖掘和劫洗過。這顯然是斯坦因一九〇六到〇八年探訪樓蘭時，發現公元第三世紀大量中國文書，他稱之為烽壘L．F．的地方。

黃昏時分，我聽到一種鳥在近處高聲鳴叫，聲音一會兒像牛，一會兒像驢，有時又像汽船或火車短促尖銳的笛聲。據郝默爾記載，他在孔雀河畔採集時發現到不少這種鳥的分布，是鷺科的一種，學名Botaurus stellaris，即大麻鷺，俗名大水駱駝。孔雀河沿岸的人說，這鳥有一種怪習慣，是把喉嚨撐得很開，脹滿空氣，然後非常用力地連續尖叫六、七聲。據說這種鳥叫得如此聲嘶力竭，以致有時弄得自己幾乎不能動彈，輕易就可以被人空手捉到。

46

在東京陪住院的姑姑將近一個禮拜，時澄還是不得不趕回台北忙他那些永遠也忙不完的工作。時澄說只要得空，他一定立刻飛回來。

不到一個星期他就飛回來了。

成蹊姑姑在洗手間上吊自殺，只留下簡短的幾個字在床頭：「麻煩大家了。」

時澄初聽消息，雖則有些驚駭，卻沒有上次得知姑姑病重住院時來得激動。或許是最後及時為姑姑做了他所能做的，這教他很快恢復了平靜。

時澄和父親、成淵伯父三個人北上料理喪事。然而那兩個大男人不管處理什麼事都不得要領，姑姑店裡的姊姊淘默默承擔很多雜務，但有些事還是要由家屬決定。回到姑姑身邊，時澄心情卻又動搖得很厲害；也許並不完全因為姑姑，而是想到自己所面臨的奇異處境：好像自己正在練習死亡，並預先為自己舉行葬禮。起伏的情緒讓他有些支撐不下。他想起鴻史留下的電話，決定打給他，請他上京幫忙。

第二天鴻史就來了，兩人相見，恍如隔世。鴻史沒有以前那樣瘦，皮膚顏色比以前深，笑起來露出一嘴齊整的牙顯得特別白，而且是一種臉上肌肉完全放鬆了的笑，不像以前連笑聲都是僵硬的，只是臉上紋路也明顯多了好些。

關於喪事，兩個大男人商量好說要採火葬，骨灰迎回老家，時澄則堅持就地海葬，三個人吵翻了天。只有鴻史確知時澄在想些什麼，海是姑姑的歸宿。時澄所謂海葬倒不是直接將屍體放入海中那種船員或海人的葬禮，而是將火化後的骨灰撒到水裡。

姑姑要時澄整理房子，似乎早有打算，包括讓時澄將家具、地板用白布一一覆蓋，像所有準備長期離家遠行的人一樣。

為姑姑守靈的夜晚，不論男女一律黑色衣裝，與屋中的白色大地相拮抗，好像每一片白都是喧囂的死亡，只有純粹的黑能夠使之沉靜。

室生演吉也帶了幾個同僚列席，別人為他斟酒他就喝，有時會起身到外頭抽根煙，但始終沉默未發一言。

時澄想到父親兄弟倆和他之間的爭吵，於是對鴻史小聲聊起祖母葬禮的往事，那時也是吵吵鬧鬧，有人要一般吹吹打打哭哭啼啼風風光光的辦，有人主張純佛教法事，誠心追思、替逝者祈福為要，還有人，就是時澄母親，堅持到禮拜堂才夠肅穆莊嚴；為了土葬還是火葬也是眾說紛紜，幾個平日溫婉的姑媽還說了重話。那時不與家族同住的成淵伯父整晚喝酒鬧場，湊了個熱鬧，結果被父親一氣之下趕走，連告別式都沒有參加。那兩個人現在並坐在守靈席次的最前方，好像做錯事的小孩，微微低著頭，眼睛看著前面的榻榻米。

知道上一輩之間那些牽牽扯扯、恩恩怨怨後，時澄反而可以用較為寬容的角度來看這個家族。他常常以他在外島那個奇異的夢境作為起點，試著重新審視自己這一生，以及家族的聚散哀歡；如果可能，他更希望能進入每一個人的內心，進入那些曾經年輕、逐漸衰老或來不及衰老的軀體，感受他們如何在看不到太多出路的野蠻年代，在凶險環伺的傾斜的夜裡，在時間無法穿透的命運之霧中，徬徨，戰慄，成為愚者的獻祭。

每每在這樣的時刻，彷彿有另一個自己，漂浮於一切之上，帶著悲憫眼神，同時洞見過去、現在和未來。

當另一個自己漂浮於一切之上時，那個留在底下的自己則是睜著雙眼，陷入一種意識清明的出神狀態，好像腦葉被摘除的病人，眼前都是清楚的空白；而每一次從凝視生命的練習回過神來，他總是感到惘惘的一時竟不知道身在何方，從而感到一陣怔忡，有如一個居無定所的旅人從曠野醒來，帶著虛無而悲傷的況味。

如果願意，那個漂浮於高處逆著時間之風逡巡的凝視者，可以看到猶是乳嬰的自己。那時他剛生下不久，被送出沒有窗戶的產房，經過陰鬱的走道，進入產科住院病房；他的眼睛仍然緊閉著，但是他第一次感覺到世上的光，那時天剛破曉，房間有一扇朝東的大窗。也許是剛離開母親的身體，他覺得有點冷，也有點餓，還有一點害怕；他身上有些血跡沒有被完全擦拭乾淨。

他看到自己從夜暗中睜開大眼，平靜地看著有如被世紀的濃霧所籠罩的世界，窗外的聲音與影子在風中顫抖。

他看見自己長大了些，父親抱著他穿過故鄉古老的街道，一路上與迎面走來的朋友或是店舖櫃台後面看不清楚表情的熟人打招呼，有時還會停下來寒暄；然後走進一間屋子，踏上木頭樓梯，將他放在二樓一間像起居室一般的房間榻榻米上，兩位濃妝的女性不時過來逗弄他，張著血紅的大嘴對他諂媚地笑著。

他看到四歲那年冬天，母親帶著他和小阿姨搭火車北上，到雙溪牡丹煤礦醫務所找舅舅；在冬雨中輕輕搖晃的吊橋上，滯留台北期間染患感冒的時澄和表姐弟們第一次見面，並帶回舅舅家剛出生不久的第六個女兒。

他看到站在香蕉船的甲板上，第一次敢於當眾與父親頂嘴，並故意遠離父親視線，對著無邊際的海時而哼歌時而自語，突然覺得儼然是個大人的自己。

他看到和姑姑相偎的身影，並第一次感知，只有她，她的身體就是她的靈魂。他也看到無數失眠的時刻四下遊蕩的自己、成群的野狗、運河上隱約的鬼火和巨獸般呼嘯而來嗥囂而去的貨卡，有如看見在東京灣的霧笛中開放的夜間動物園。

他看到髒亂的校園一角，鴻史靦腆地遞給他一冊考克多的詩集，冰冷纖細的手指輕輕碰觸了他的；有些金黃的銀杏葉兀自在寒風中抖動，其他的早已掉落滿地。

他看到回返故鄉，因為覺得被遺棄而強烈自我嫌惡的自己。所有的美好事物似乎突然與他告別，永遠離他而去，因而教他認清了一個恐怖的事實，不再失眠。在他偏執的想像中，他認為自己從一生下來就被幸福催眠了，他一直在善意的謊言和甜蜜的幻影所交織而成的網羅中沉睡，而失眠反而是他唯一清醒的時刻。當家族刻意維護的完整、祥和、親密構圖，逐一在時間的撕扯和亡靈的叫囂中褪色、龜裂、崩解，呈現出無情而嚴酷的本來樣相時，他了解了一切，完全清醒了過來，於是再也不用失眠。他對這個家開始懷著恨意，他無法原諒父親，無法原諒這個世界。他不想再承受，不想為他們而承受，也承受不起。沒有姑姑那理解一切也融攝一切的力量在一旁支撐、護持，沒有鴻史緊緊抱擁著他煨暖他冰冷的心，他承受不起。他必須再度沉睡。

於是，他看到十九歲的他手持一把鋒利的美工刀，坐在一面鏡子前面，冷靜地望著鏡中那張即將被他取消的臉，那個即將瞬間蒸發的生命；他將刀刃輕輕放在右腕的大動脈上。他甚至可以感覺到藉由冰冷刀片傳來的脈動，此外整個世界安靜異常，浴室不再有漏水聲，院子裡也沒有葉子飄墜的聲音，巷子聽不到人的腳步聲、車聲以及狗的吠叫。天色彷彿暗得很快，鏡中的臉因為完全放鬆而帶著有如睡眠中嬰兒的稚氣，並緩緩浮現一朵朦朧的笑意……

那張臉，想必是看見了什麼，而且被看見看見。

終於，他看到非常非常久遠以前，一班在寒夜的尾聲鳴笛出發，沿著濁水溪乾涸的河床邊緣，在故鄉豐饒的田園中間，朝黎明的方向以及它的反面不斷往復奔馳的古老列車。

他看見童年的秋林堂哥，一個人坐在沒有多少人影的車廂中，手上抱著一小包餅乾，眼睛半睜半閉，幾乎已經睡著。

就在另一個旅客稀稀落落的車廂，在它一端的簡陋盥洗室裡面，母親，時澄看見仍舊年輕的母親，身體靠在門上，左手抓著給晃動的車輛中如廁的人固定身子用的鉛色橫槓，右手緊抵另一方的壁面。

她的對面是一個男人，頭髮凌亂、滿臉鬍渣、衣衫不整，不錯，正是逃亡中的成淵伯父，卡其色的褲子已經褪到腳邊，瘦削的雙手捧著母親向兩側別開、懸空的雙腿。

時澄看到他們因為被詛咒而扭曲的表情，同時彷彿可以讀出他們的慾望與恐懼：

年輕的戰士在南方雨林火海中的慾望與恐懼

一個為自己的神祕所祟的雌雄同體者的慾望與恐懼

倦於目睹死亡之行列、瀕臨枯乾的老人的慾望與恐懼

被出賣的人

被記憶折磨的人

渴望愛卻又無法回答愛的人

對人失去信心、對愛無能的戀屍癖者

揮霍青春，出賣肉體，終於也會流下一滴灼熱淚水的石像

他多麼想要擁抱他們，並且告訴他們他終於也理解了一切，而且要及時原諒一切！

大爆炸理論和紅移觀測告訴人們，宇宙一直以極高的速度擴張，換句話說，數以億計的星辰、時間空間、萬事萬物正不斷地互相遠離。或許是這樣，消失、變易、死亡、別離和遺忘總是教人感到一種肅穆與凜然，相對的，永恆或是不朽反倒顯得輕佻，甚至猥褻亦未可知。

有一個人將手錶丟出車窗，因為他想看時間如何飛逝。這只是個笑話，但在時間面前，無疑人人都是愚者。

當時澄回憶過往，偶爾無心將一些斷裂與離散拼湊在一塊，發現生命的關鍵時刻總是伴隨著週遭親人的死亡，竟然會興起**這一路好像是踏著腐屍走過來**的念頭，因而感到驚懼不已。沒想到自己很快也將躺下成為其中之一。

大河的水悠悠流逝，不捨晝夜，此時的水不是彼時的水，但大河恆在。

逝者，是活著的人腳下的光，而活著的人是逝者的夢。

一個個時間的旅人，在血色的黎明，坐著火戰車疾駛去來，或是搭乘卡戎的黃泉渡船，從眼前擺盪而過，在命運的迷宮中徘徊，在冥府的迴廊瞻望，哼唱著哀傷的輓歌，用他們的愚癡、貪愛、不幸與死亡示現永劫回歸的熟悉風景。

看見的人，因為他的心是一面鏡子，雙眼是虹的淵藪，光可以穿透，也可以反照，在玲瓏的每一個面向投射神祕無限的幻影。

看不見，因為他的心是一塊火石，無法琢磨成鏡，一用力摩擦他就會發火；因為他拿亡者的裹屍布包覆身體取暖，卻連帶掩蓋了眼睛。

愛恨流轉，死生遷化。時間鞭笞一切，並且向活著的人質問。

時澄總是想起那支在死寂的沙漠中進軍的船隊，以及樓蘭古墓裡面一對對和星星一樣晶瑩、和漂泊的湖一樣空洞的眼睛。

47

為姑姑守靈的下半夜，外頭先是刮了陣強風，接著下起雨來，氣溫陡降，許多人都縮坐著，更加倦極欲眠。鴻史看時澄仍了無睡意，從背包拿出一本書給他，要他翻翻，又說如果感覺不錯，也可以低聲為成蹊姑姑誦念。

那是一本由藏文翻譯過來的儀軌法本，名為《中陰聞教得大解脫經》，扉頁上寫著「川上鴻史君」、「小西英次」和外來語「秋吉天津多杰」幾個字。

鴻史告訴他，當年從學校退學後，他從家人和朋友處湊得了五百多美金，搭上一艘到印度洋作業的漁船，然後在孟買上岸，開始他在印度次大陸兩年多的放浪。他在攝氏四十多度的天候走過拉賈斯坦一望無際的棉花田、向日葵園和荒涼堅硬的岩質沙漠，也曾在北方的拉達克標高四千多公尺的山口為末日般的大風雪所困。在恆河流域的幾個城市間行腳時，幾乎每天都看到道旁、河上的死屍，以及難以計數的瀕死者。他又在孟加拉灣三角洲目睹一整個村落被颶風吹得無影無蹤。在達蘭薩拉參加達賴喇嘛的晨間開示時，巧遇一位來自京都、精通梵文和藏文的學者小西英次，就是小西老師將所翻譯的這本《中陰聞教得大解脫經》一冊送給了鴻史。後來當他行腳到葱翠而高爽的阿薩密省，鴻史邂逅了剛從西藏潛越國境的青年僧侶秋吉天津多杰，隨著他到那爛陀、王舍城、菩提迦耶等地巡禮；兩人在釋迦成道的菩提樹下靜坐、經行，數日後分手，鴻史放了一片菩提樹葉在《中陰聞教得大解脫經》裡面作為紀念，並寫下他的名字。

時澄取出書中那片菩提葉，放在手掌上端詳。葉子只有半個手掌大，有點趨近心型，但尖細的一端特別狹長，原應為翠綠的顏色已經乾燥為淺褐，但在燈下彷彿泛著金黃。

「釋迦牟尼就是在這棵樹下成正覺的嗎？」時澄問道。

「據說是在那個位置，但這棵菩提樹是第四代，不是原來那一棵了。非常高大，枝葉茂密，到了它底下只覺一片清涼。」

尊貴的善男子、善女子啊，如今，您求道的時刻已經到了……

讀到開頭這樣一句溫婉的話語，彷彿在對生者而非逝者慈悲付囑、耐心叮嚀，時澄全身一凜。不禁端坐肅然，以最輕柔的聲音慢慢念了起來。因為專注，那輕得幾乎聽不到的聲音好像匯集了全身的氣力，足以傳入正疾速遠去的姑姑那邊，無論她在哪裡。

不管您的呼吸徹底止息了沒有，現在死亡的第一階段——臨終中陰的本源之光已經向您無礙展現了吧。當氣息不再進出的一刻，有如虛空般無遮的存在本體——法性——也赫赫現前了吧。

那是一種沒有中心也沒有邊陲之分的清明之空、赤裸呈顯的無垢智性啊。此刻，您應該了知此一本體，並且安住在那種解脫的狀態之中了。我也將在一旁協助您入證啊。

現在，您的身體開始有地大融入水大的徵候；接著是水大融入了火、火大融入了風、風大又融入了識蘊。

啊，善男子、善女子，發心吧，不要讓您的心識受到牽引呵……

從頭到尾都是對隻身遠行的人無限慈悲的叮囑，充滿了溫柔，而且不厭其煩，告訴亡者，呈現眼前的，不管是璀璨的色彩，或是令人怖畏的聲音和景象，無非是自身習氣創造出來的幻影，不要執著，也不要害怕，因為「您不會再死一次」，唯有體認這些種種都是意識所生，而肉體與心識分離之際那一抹無垢無染、無形無狀、不可思議的光正是自己的清靜法身，才能放下一切，安住於不生不滅的所在，否則將繼續在輪迴之流中徬徨。如果亡者被往昔的業力牽引，不但未能融入清靜法身，反而狐疑、驚懼，從而墮入輪迴，仍然不斷有諸佛菩薩的慈光之鉤前來接引，運用所有可能的辦法試圖將亡者重新帶回解脫之路。

時澄全神貫注於念經，使得身心漸漸進入恍惚狀態，絲毫感覺不到冷熱、疲倦以及時間的流逝。當他闔上法本，窗外微露曙色，高處的雲朵已經鑲上金邊。留下來的守靈人不是坐得歪歪斜斜，就是躺得橫七豎八。再過一會兒，晨風將從海上吹起，然而此刻，何等寂靜。寂靜是亡者的音樂。

在暗夜的尾閭，睡眠的人在夢中醒著，醒著的人看到的無非時間裂罅，而逝者恆逝。三者同在一個巨大的夢境，都是他者的幻影。

時澄安詳地哭著，有些欣喜，也有些傷悲，他再一次有擁抱所有人的衝動，而且正被一種至深的愛意，像永恆一樣寬厚但輕盈無比的愛意所擁抱。之後他才想到自己，逐漸有著發病徵兆的身體；突然他也不再為此煩憂害怕。

一行人稍後一起前往青山火葬場。時澄領取骨灰的時候已經是下午兩點多。大約有十多人一直送到碼頭，因為所租的小型遊艇空間有限，最後只有六個人上船，於是時澄他們父子就在碼頭向大家答禮。

那天看不出有什麼風浪，但開行約半個鐘頭後，船身漸漸有些較大的晃搖。他們駛進東京灣寬闊水域的中央，往來船舶仍多，但不再像港區那樣密集。成群的鷗鳥或在船隻上空盤旋，或在附近的海面頻繁起降，淺灰色的背部和其他部位的純白搭配近乎完美。西斜的太陽透過大東京地區灰褐的煙霧，將它疲憊的光焰毫無火氣地鋪陳在藍綠色的水面，曖曖折射在船隻和每一個人身上，彷彿一種安慰。

對間已近六點，天色漸暗，海水的顏色變得濃濁起來，海面上指示航道的浮標亮著紅色的燈光。沒有什麼儀式，時澄打開骨灰盒，走到舷側，其餘的人肅立一旁。風吹得有些急，船上的帆布頂篷拍拍作響，時澄閉上雙眼，稍後又睜開，即毫不遲疑地將骨灰順著風勢撒入水中。

船上的汽笛開始大聲鳴響，一長聲。

「嗚——」

水鳥聞聲驚飛，汽笛聲在耳中快速奔竄，但四周的空氣似乎凝結了。鳥群展翅的身形映照在水面，在載沉載浮的白色骨灰之間，彷彿那裡才是天空，它們正牽引著姑姑最後的遲疑身影，連同她神祕的缺憾，向永恆的彼方、無遠近無去來的深處滑逝。

鴻史當天就要連夜趕回去，一方面是放不下工作，一方面他對東京已經無法適應。時澄送他到上野車站。等車的時候，他們到快餐店邊喝咖啡邊聊，談到當年激動的種種往事。

「第一次離開學校以後，最先有陣子會對當年並肩作戰的人報以輕蔑的笑，田宮高麿等人在平壤，重信房子在黎巴嫩，永田洋子在死牢中，他們的手上都滿沾鮮血，我覺得他們終究是錯的。現在我不這樣想了，反倒覺得他們基本上可敬，他們的思想和行為的本質有一種罕見的啟發性；當然暴力是不可行的，但看看激情之後的日本社會吧，真正的也是唯一的勝利者是商業主義，其他並沒有改變，每一個個人都仍然是嚴密分工體制下的賴活者，各級學校有如專門生產複製人的一貫作業工廠，電子媒體仍然數十年如一日的膚淺！」

這種政治性的話語，稍帶激切的手勢，犀利的眼神，教時澄一時恍惚看到往日的鴻史。

「我們那時候至少還知道憤怒，還願意正視社會的不合理本質，還有氣力，不管是不是幻覺，還有氣力跑到大街上去對抗國家機器，去罵、去打、去哭、去叫，怎麼到了後來，你看大家都在做什麼？一個個躲進封閉的空間，在卡拉ＯＫ包廂抓著麥克風唱歌搖晃自我陶醉，在劇場聽相聲笑到淚流不止，在舞廳用力踩踏大地、揮舞拳頭，在演唱會上大聲吼叫，在球場裡沒命吶喊，在餐廳大吃大喝，在家裡打老婆，在地下鐵施放毒氣。

「可惜了，可惜憤怒和革命志向在還沒有真正顛覆什麼之前，卻因為自體內含的毒素所生出的、失控的反噬本能將自己的夢想和氣力吞食殆盡，結果造成一整個世代集體的挫敗感，以及對理想主義的不信任。現在看看週遭這些人，看他們那種對人生認命、對真實膽怯的德行，縱有理想也只及於自身，教我覺得那些被警視廳終生通緝的不歸之人並不全錯。」

時澄說道：「我了解你的感覺，可是全世界都把你們日本當作典範，當作理想國吶，敝國很不幸也是其中之一，偏偏不是學得不倫不類，就是學來一堆垃圾。你現在都做些什麼呢？跟以前的朋友還有聯絡嗎？」

「朋友都沒聯絡了，流亡國外的無法聯絡，留在國內的，時空狀態一變，其他狀態不得不變，關心的事物，同志的情誼，愛的感覺，只要座標一位移，也就走樣了。當我棄他們而去時，他們認為我落伍、無知，現在他們一個個變成自己過去所要打倒的對象，卻又回過頭來笑我傻。這世界就是這樣，主流永遠是對的。」

鴻史輕輕嘆了一口氣，突然問道：「你知道後來為什麼我又當著你的面第二次離開學校嗎？」

時澄搖搖頭，回他一個無奈的笑。

「真正的原因是你，你一定不知道。」

笑容凝結。

鴻史語帶羞怯地說：「因為你那樣年輕，那樣美好，給了我許多快樂，又對我那樣信任，而我對你說了那麼多話，一開始自己都覺得很動聽、很悲壯，有一天突然覺得心虛起來。我想試著離開研究室，不再依賴語言文字，看能不能踏踏實實走出一條路來，算是對你的報答，也是給你一個誠意的交代。」

時澄本想說「你大可不必這樣」，但沒說出口。

鴻史接著說道：「我知道我不是成大功、立大業的貨色，離開學校以後，就住到幾乎看不到年輕人、死寂如墳場的鄉下，做過很多事，木工、貨運、雜貨店、造林等等。現在我在家鄉種一些花卉，爸媽和老婆都一起做，還是夠忙的；兩個小孩，都還在小學就讀，為了不讓他們碰電玩，我家裡到現在還沒有電視，也沒有電腦。偶爾也寫寫詩，不好意思，就寫給自己看啦。

「大約十年前，我們那個城鎮郊外山腳下小時候常去遊玩的一處沼澤，大約五、六公頃，和附近一大片山坡地一起被財團買去，準備蓋高爾夫度假中心，地方議會已經通過開發計畫，街上的生意人也熱切期盼度假中心能夠帶動旅遊人潮。那個沼澤地雖然不大，但在上面活動的禽鳥、昆蟲和水生植物種類非常多，包括一種罕見的綠翅小水鴨。度假中心計畫中的迎賓館正好要蓋在沼澤上。我找了幾個童年玩伴，一起去遊說議會，他們雖然裝裝樣子表示理解和支持，實際上什麼也沒做。市長已經做了兩屆，準備退休了，也不想扮演壞人。後來我們聯合學校老師和地方報導媒體，一方面宣傳沼澤的存在對這個城鎮居民的重要意義，一方面揭發與開發計畫有關的各種弊端，獲得學生和家長的熱烈聲援，大家組成統一陣線，又推派代表參加新一任期議會選舉，大獲全勝，才得以慢慢逆轉頹勢。」

鴻史面露羞赧的笑容，帶著一種滿足的表情，「最後我們成功立了一條法案，將那塊沼澤地設為保護區，並強制規定永遠不得開發。」

時澄也笑著說：「啊，美好的一仗。恭喜你，而且羨慕你還能寫詩。」

鴻史臨上車前，在月台上與時澄道別，突然說：「很抱歉，想問個失禮的問題，就是你父親和你伯父，你為什麼老是跟他們吵個不停？」

「哦，因為他們兩個都是我的父親。」

鴻史似懂非懂，乾笑了幾聲，好像是說「你們這個家族哦，嘖、嘖、嘖……」。

車子要開了，時澄也沒時間向他說明，只好拍拍他的背，握了握手，目送鴻史上車。突然想到什麼，跑到月台上的販賣部買了一個便當、兩罐啤酒給鴻史車上用，一盒巧克力糖送給小孩，一罐花果茶送給太太。鴻史站在登車口，手上抱了一堆東西，好像全是昨日的記憶，說重不重，要丟又丟不掉；兩人間的距離，近不過一臂之遙，已是天涯。他欲言又止地笑著，儘是笑著。

時澄眼眶一熱，差點哭了出來。這個人，不知道這將是兩人最後一面了。

列車離站後，空曠的月台頓時一片寂寥，只有鴻史臨去的笑容陪著時澄，但也很快就變得不真實，而且教他一時無論如何想不起鴻史往日的樣子。

凡彼世界
即此世界
每一個他者
都是我……

作者附識

時澄十九歲那年因故住院，從鄰床一個末期病患那裡接收了六大本筆記，內容是敘述同一件事情詳細始末的手寫稿，後來才知道，這是翻譯自瑞典地理學者、探險家斯文・赫定（Sven Anders Hedin, 1865－1952）的報告《漂泊的湖》（一九五五年底台灣曾經出版過一個中文譯本，書名叫《羅布淖爾考察記》，譯者為徐芸書先生，收入張其昀先生主編的「中華譯叢」）。

斯文・赫定以其生涯在亞洲大陸深處幾次大規模的探勘研究行動聞名於世，其成果是樓蘭遺址的發現、藏北高原首次科學測量與高地湖泊的調查、確認雅魯藏布和印度河河源、發現岡底斯山脈（Trans Himalaya）因而確認印度洋和中亞水系的分水嶺，以及對他所假設的「漂泊的羅布淖爾」最後加以目睹實證。

一八九〇年他首次展開在中亞細亞的探險旅行，為時兩年，從波斯前往西土耳其斯坦的撒馬爾罕、塔什干等地，又進入東土耳其斯坦（即新疆），直抵其西端的喀什噶爾。

一八九三年他第二次前往中亞，考察了帕米爾高原、塔里木盆地、西藏北部和新疆東北部地區；他就是在這一次旅行中邂逅了羅布淖爾，並預言她將重歸北方故地。

斯文・赫定博士像。

一八九九年他再次踏上東土耳其斯坦，翌年發現羅布沙漠中的樓蘭故地；之後他又前往西藏探勘，做了大量測繪，但想進入拉薩時被當局阻止，他只好轉而西行，在印度拉達克地方的列城（Leh）結束這次探險行動。

接著就是一九〇四年到一九〇九年的探險，一如前文所述，他確認了布拉瑪普德拉河（即雅魯藏布）和印度河的河源，並發現橫亙於昆侖山脈和喜馬拉雅山脈間的岡底斯山脈，因而也確定印度河和中亞水系的分水嶺所在。

一次大戰之後，特別是俄國大革命之後，歐洲和中亞的局面都變化莫測，使得他不得不暫時停止探險之旅，而致力於整理出版二十幾卷旅行和調查成果，其中包括費時五年才出書的《南部西藏》九大卷。但他深感廣漠的中亞地區，必須結合各分野的專家學者做一次全面性的調查研究，才能有進一步的了解。

他在一九二六年經西伯利亞抵達北京，進行調查準備，次年提出調查計畫。此時的赫定已經是舉世知名的學者，不管資金或人手都不是問題，但時值北伐戰事，中國與日本的關係也開始惡化，局勢不穩反而成為赫定調查行動的最大不確定因素。即使在這樣的狀況下，他仍完成了從包頭經戈壁直抵迪化的駝隊旅行（一九二七年五月至

孔雀河上的獨木船隊。

庫穆河畔的羊群和牧羊人。

一九二八年二月，由德航資助），並在吐魯番聽說孔雀河下游已經改道流入了庫魯克河的消息。

此時新疆的統治者雖然表面上承認了南京政府，但因中國長期動亂，仍帶著觀望態度與中國保持距離，卻與蘇聯直接締結友好關係。赫定抵達迪化後，說服了當時的省主席楊增新同意他的計畫，即於五月返國做準備；沒想到楊增新在七月被暗殺，當赫定九月再回到新疆時，繼任的金樹仁卻告訴他，調查行動得由南京直接批准。赫定只好前往南京，直接與國民政府交涉。

由於英國斯坦因（Marc Aurel Stein）、法國伯希和（Paul Pelliot）和日本大谷探險隊等陸續將中亞文物搜刮殆盡，南京的古物保存委員會強烈反對赫定的計畫。赫定說明他的計畫主要是自然科學方面的調查，考古不過是非常次要的目的；幾經交涉，他同意中國方面的要求，讓中國專家學者參與這次調查。最後，正式的團名定為「在斯文・赫定博士領導下的中國西北地方科學考查團」（The Scientific Expedition to the Northwestern Provinces of China Under the Leadership of Dr. Sven Hedin），中國方面稱之為「西北科學考查團」，國際上則通稱為「中國、瑞典考查團」（The Sino-Swedish Expedition）。

斯文・赫定在羅布淖爾的工作船。

從一九二八年夏到一九三三年秋，赫定所帶領的由瑞典、中國、德國和丹麥的專家以及助手組成的隊伍，散布在一個極為遼闊的地域上工作，包括額濟納河流域、天山山脈兩側、庫魯克塔格山區、吐魯番盆地、羅布沙漠、塔里木河上游各支流、環塔克拉瑪干沙漠綠洲、崑崙山、阿爾金山、祁連山和柴達木盆地等，甚至遠及內蒙。一九三三年秋季之後直到一九三五年春季的行動，則完全是個意外。

考查團本來在一九三三年夏初即準備結束，不意赫定此時得到中國政府要他勘查西北公路的委託，於是他在那年十月再度自歸綏（今呼和浩特）出發，進行一次以新疆西部邊界為目標的汽車之旅，而他更渴望重臨羅布淖爾地區，一睹其難以想像的新貌。

此時的他不僅曉得孔雀河下游已於一九二一年改道，而且也確知了羅布淖爾北遷（重回）到一千六百年前故址的事實。於是這個年近古稀的老人帶領著他年輕的隊伍，沿著新生的、或者說復活了的庫魯克河，走向那「漂泊的湖」。

使用經緯儀進行測繪的陳宗器。

羅布淖爾（Lop Nur）即羅布泊。Nur為蒙古語的「湖泊」，Lop的本意則已不可考，維吾爾語意為「眾水匯處」，藏語意為「教」，印地語意為「頂禮者」，波斯語意為「白色」。古籍中正式記載的名稱有「鹽澤」（《史記・大宛列傳》、《漢書・西域傳》）、「蒲昌海」（《水經注》）或「納博波」（《大唐西域記》）等。

在近代的測繪中，它的形狀、位置從未在兩本地理書或地圖集中有過一致，但面積二五七〇平方公里是較常看到的數字，為僅次於青海湖的中國第二大內陸湖泊，和幾座較大的淡水湖如鄱陽湖、洞庭湖和太湖相比亦在伯仲之間。由於五〇年代以後其上游水源大量興建水庫和灌溉渠道，孔雀河已經再次從地圖上消失，而號稱中國第一內陸河的塔里木河，原來兩千多公里的流長只剩下不到一半，導致羅布淖爾漸次乾涸，終於在地表上留下一個有如人耳的刻痕後告別歷史；其年代，有說一九六四年者，有說一九七二年者，前後相差可達八年，也可見世人漠不關心的程度。偶爾「羅布泊」這個名字還會出現在報紙上一個不起眼的角落，只因為中國又在那裡進行地下核子試爆。

對於曾經為之魂縈夢牽四十年、兩度冒著不可知的危險死生與之的斯文・赫定，對於曾經因為斯文・赫定《漂泊的湖》而感動莫名，興起著離家冒險之想望、甚至獲得一

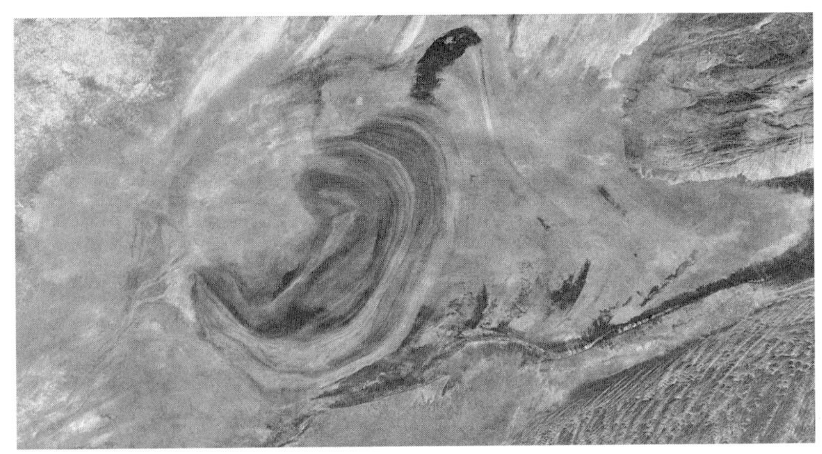

一九八四年從太空所見羅布淖爾。

種生之勇氣的普世讀者包括時澄，面對羅布淖爾這樣的一個結局，恐怕也只能無言以對吧。

——吳繼文於 一九九八年九月

【代跋】

吳繼文的慈悲心——重讀九〇年代同志小說

◎楊澤

二十年後重讀吳繼文小說，仍然為那字裡行間，滿溢出來的慈悲心震動不已。吳繼文小說流露出的慈悲心，很難一語道盡。它首先有別於過去文學中較常見的憐憫或悲憫心。那也是讀者相對熟悉的，台灣鄉土文學以降，對所謂小人物及鄉土本身的凝視和關注。

如果說，憐憫或悲憫心大抵落在人道範疇，慈悲心心量更大，同時多了份屬於天道的不可知層次。吳的慈悲心來自他對「情幻色空」主題的一番領悟，且背後隱隱然有股「無緣大慈，同體大悲」的神祕宿命感在。

到二〇一七年今天為止，吳繼文其實只出了兩本長篇，分別是《世紀末少年愛讀本》（一九九六）和《天河撩亂》（一九九八）。《世紀末少年》一作，由吳改寫清末狹邪小說陳森原作《品花寶鑑》而成，最大的變動就在「小使」這一人物的設計上。

小使既是書中名伶兼相公杜琴言的貼身僕人，也是貫穿故事情節的敘述者，以他取代舊章回的全知敘述觀點，堪稱石破天驚的一筆：

我們是沒有名字的一群人……對小說家而言，我們可老可小，我們是沒有情緒的……我們散佈在主人生活的周邊，隨時回應主人的召喚，此外就沒有聲音……一如無情的頑石、衰草兀自獨立在天地之間，我們也不時出現在章節之間，面無表情地為時間、空間的推移串場。不管寒冬、溽暑，風、沙、雨、雪，夢裡或病中，我們隨時都要出門為主人傳話、回禮、買藥、送花……我們是宇宙的塵沙，小說的游魂，主人的影子……我們成為很理想的觀察者和評論家，沒有人在意我們的存在。我們永遠是不在場的出席者……

二十年後看來，小使絕對是吳繼文最動人心弦的發明。當小使在這裡寫道：「我們永遠是不在場的出席者」，所謂「不在場的出席」一點也並不玄虛，說的豈不是，今天後工業文明下的芸芸眾生，所謂「寂寞的諸眾」（the lonely crowd），那「渴望與寂寞永遠成正比」的心？

的確，小使不單負責說故事，穿針引線，為故事中人代言，他也幫自己及自己所屬的卑微者／無名者群體發聲，分明是寂天寞地，有情眾生的一個化身。上引開場白頻頻拿

「我們」來說「我」，人我不分，且多以否定句出之，說穿了，不就是作者吳繼文刻意以無說有，以不在場說在場，以宇宙塵沙，人間游魂揭露無常，一語道出天地萬物及眾生的歸宿？

從小說開場到結尾，小使利用他「理想的觀察者和評論家」位置，為讀者轉述，他追隨主人杜琴言浪蕩一生，看到，聽到，許多常人看不到，也聽不到的事物。吳繼文沿用舊說部的筆法章法，在內景部分極力鋪陳人情世故，寫欲望，寫受苦，寫身心靈的細微變化；外景部分，吳則善用他從沈從文學到的長鏡頭、空鏡頭手法，蕩開去寫天地人，寫風土，寫離別與死亡，儼然有歷史長卷的氣勢格局。

作為眾生的代表，吳繼文筆下的小使乃是有善根宿慧之人。他卑微而高貴，感傷而睿智，既是美的僕人，也是歷史滄桑（從個人歷史到集體歷史）的見證者與書寫者。從情真，情至，到情了，小使最終出家證道，成了「過來人」（眾生是佛），也展現了吳一心追求佛家「真空妙有，悲智雙運」境界的初步成果。

表面上看，吳繼文出道稍晚，且是在九〇年代酷兒書寫，身體書寫等時代風潮的強大召喚下始投身寫作的，其實並不盡然。這裡無法細細辯證此事，只能簡單的說，對吳而言，時代精神（Spirit）及心性論（Soul）的追尋，同樣不可偏廢，而倘以結果論，他大抵倒向了後者。事實是，吳不單有意避開酷兒同儕，我們甚至可以說，他最終也避開大多數同代人，為自己選擇了一條甚少人行的路。

《天河撩亂》是吳的第二本書，也是他真假摻半，半自傳性的「力作」（tour de force）。先是，九〇年代初，吳繼文寫出了〈記憶──邊緣──迷路〉一文，追記他大半在日，小半在台度過的青春歲月，這篇帶濃濃自敘傳風的奇文，大部分內容簡直聞所未聞，大大開了眾人眼界，在台北文藝圈轟動一時，其後收入我編的《七〇年代懺情錄》（一九九四）書中。此文從東京六〇寫到台北七〇，從安保鬥爭，全共鬥，三島自裁一路帶到相對平靜無浪的台北，以蔣介石逝世及中壢事件作結，集體與個人歷史（主要是情史）形成了兩條線，這也是吳第一次提到，他在全共鬥外圍場子上認識的同性戀人川上鴻史。

川上鴻史一度為赤軍連核心，川吳戀時已成脫落者，七一年暑假曾來台，和吳兩人攜手單車環島，這段脫落者與「局外人」的情緣經吳擴充，相當原汁原味地重現在《天河撩亂》中。容我先在這裡引出王浩威針對此文的小評：

> （吳繼文）以稀鬆平常的態度傳達同性戀的事實，就彷彿有的人吃飯用左手，有人用右手一樣的自然而自在……

王的觀察一針見血，他說的「自然而自在」，正是佛家說的「平等心」、「無差別心」，也是凡夫證悟「慈悲心」、「菩提心」的起點。戰後台灣同志文學，以白先勇《孽子》（一九八一）發其端，面對社會的無知，大多以不同程度的「酷異」自許，但太想突破體制的結果，不僅讓精神肉體恆處於（自我）隔絕的緊張狀態，也將眾人大力標榜的身體書寫推向某種存在主義式／「荒人」式的絕境。

吳繼文的「無差別心」用在同志身上，也用在川上鴻史所屬赤軍連身上，這當然也是令讀者當年百般匪夷所思，嘖嘖稱奇之處。同時，吳從改寫《品花》，寫出《世紀末少年》以來，無形中對隱藏在《品花》背後的風月鑑元素，所謂「市井江湖風塵」的民間傳統，又多了一份理解，這份對「眾生平等」的深入領悟，很快便落實在《天河撩亂》的寫作中。

如果說，《世紀末少年》是由內向外看，《天河》則是從外向內看；前者酷似，從敘述者小使眼中看出去的，一幅幅浮世群像，後者則是主人翁時澄（小說家吳繼文書中化身）返觀自身，從錯綜複雜的家庭身世記憶裡重新「創造」出來的自畫像。限於篇幅，底下是我重讀歸納出的幾點心得，簡述如下。

a.《世紀末少年》受益於沈從文「歷史長河體」獨多，突顯的是一種無常變易的時空觀，寫作者只能勇於面對生命的渺小與無限，透過寫作捕捉人世滄桑，再現那些很快便被天地抹去的歲月光影。對照下，《天河》執著得多，卻也大心、佛心得多。執著在於，為了從時間的激流，記憶的激流中打撈出一幅完整的自畫像，主人翁時澄被迫得不停地穿梭於過去與現在，生離與死別的危險流域；大心、佛心則在於，它不止提出深廣自足的「性海」作為眾生最後的歸宿，且在「眾生之河」與「佛性之海」中間，巧妙設定了另一「修為的湖泊」（書中一再提到的，可知而又不可知羅布泊）作為理想中繼站。

b.《世紀末少年》企圖面對永恆，探討那不變的「變易」，《天河》則選擇處理危機，深入挖掘個體的「變異」。時澄所造自畫像的奧祕，也許就在於：畫面上固然有其他虛像存在（生父成淵與男友川上鴻史），實體卻是「母子」二人；也就是，時澄和（「姑姑」兼「義母」）成蹊的靈魂的疊像。事實上，這也是一張倒過來的「聖母慟子圖」（Pieta），患了愛滋的時澄（聖子），抱著癌末自殺的變性人成蹊（聖母）的「聖子慟母圖」。

c.最後一點，《天河撩亂》既寫市井（如時澄的早場二輪電影院），也寫江湖（川上鴻史一度涉入的赤軍連），更有那傳統而又顛覆傳統的舊風塵（東京歌舞伎町的跨性別俱樂部「雪姬」，這也是變性兼變裝人成蹊上班的地方）。

這種染有傳統「世情書」色彩的寫法，既接地氣，又見眾生，我們其實稍早在白先勇的《孽子》中見識過，差別就在於——《孽子》寫情寫欲，多少失之於過度強調原始激情或魔性的存在，而後者則更自覺地朝向，人性與佛性，自性與空性的完成或未完成。

我不確定中文小說家中，有幾個如繼文般，具這等大慈悲心的人。粗粗考察過一輪後，我想像，除了佛經及「紅樓」泰山壓頂式的直接影響外，在吳之前寫作的，也許還有沈從文、白先勇、陳映真等二、三人，對他或有所啟示也說不定。只是在吳的同儕及後人身上，似乎早已不大見得到這等慈悲心的蹤影（暫不論極少數例外，如林俊穎），因此它到底從何而來，又往何處去，也許並沒有人真的知道吧。

新版贅語

時間可以極溫柔，也可能極暴力，端看你正在什麼樣的時間中。

時間也不僅僅是抽象刻度的產物，或是鐘錶上的那些有形有聲的分分秒秒；很多時候它更像是一個沒有明確邊界卻又有表有徵的「場」。

比方我們什麼時候開始意識到他者的存在（或者從「我即世界／世界即我」開始分裂為「**我**與**非我**—**世界**」），也許就是我們告別童年的起點：一次水中倒影、對鏡凝視，人群之中對名字發出的一聲叫喚。比方，意識到青春（如果有這種東西的話）何時永遠離你而去。後者於我，恰恰就在二十歲上那難忘的成年禮。

我的生日緊接在兒童節（如今叫婦幼節）和清明節之後，自入學讀書開始，生日總會放長假（春假），直到大學時期依然如此。我一向不過生日，但二十歲或許比較特別吧，同班同學阿岫與阿盛難得約了要來南投家中一起吃飯。前一天深夜突然下了一場聲勢驚人的大雷雨，以至睡得有點不安不穩，但天亮後倒是一片清朗，路上也相對平靜得有幾分詭異。不過很快地，大家陸續聽到了消息，並確認**那件事**終於發生，而**那個人**走了。是的，二十歲生日這天，怎麼就巧遇了台灣現代政治史上的一幕**大般涅槃**（mahā-parinibbāna），那天開始島上每份報紙頭版不是大號的「慟」就是粗黑體的「悼」，打開收音機、電視機則是哀樂盈耳。同學、家人相見，任何歡聲笑語都顯得不合時宜，大家不約而同壓低聲音說話，一邊吃飯一邊看著一律轉為黑白畫面的電視節目，氣氛尷尬，食不知味。

如此具象而鮮明的「場」，如此的成年禮。那是一九七五年。

七七年大學畢業，十月入伍，經過短暫訓練，於十一月和來自全島新兵中心的愣頭青們在基隆集結，準備發配外島。那時節天候轉冷，海象不佳，船期一再展延，等了近兩個星期才得以登上人員運補艦。天黑後出航，偌大的一艘船一到外海即開始被風浪擺弄得猶如巨大的鐵搖籃。船艙通風不佳，瀰漫著濃濃臭油味，加上逐漸多起來的暈船者酸餿的嘔吐物，我和許多同船旅伴陸續走上漆黑的甲板，隨便找個稍能避風的地方窩著。深夜尿急，根本不知道哪裡有廁所，只好摸黑走到人少的船尾下風處，也沒好好抓著什麼，靠在船舷邊排尿入海，正好一陣大浪，船尾猛地一沉，整個人差點被甩進風急浪高的黑水溝。只要浪再大一些……死生毫釐，無人知曉。

到了外島，才上陸又被轉分發到一座沒有平民、沒有供電的離島。那是一個幾乎被世人遺忘的地方，卻也是當時冷戰的最前沿，對岸每兩天炮擊一次，只是彈殼裡面塞的不是炸藥而是心戰傳單。想了解外面世界發生了什麼事，唯一資訊來源是過期的報紙。我是在整整一個月之後，才知道我差點掉進海裡那天，台灣發生了**中壢事件**。

一九八六年春，結束日本的學業返台前，未告知任何人，悄悄自大阪搭上鑒真號客貨輪前往上海（在戒嚴時期，叫做「潛赴匪區」），經六朝古都南京，蘇北劉、項故里，帝都北京，殷墟安陽，李白的東都洛陽和西京長安，最後入蜀走訪成都杜甫草堂。五月四日（大陸的青年節，台灣的文藝節）夏令時間開始那天準備下重慶，傍晚去成都火車站的路上，聽司機說前一天有架華航七四七班機飛到了廣州白雲機場（也就是**王錫爵事件**，於大陸是投誠，於台灣是劫機），心頭一驚，生怕事件導致兩岸緊張再也回不去，而下落亦無人知曉。夜車於天矇矇亮時到達重慶，無心再停留，大雨中直接前往江岸碼頭，找到第一班開往武漢的江輪出川，只想趕快離開。

九四年秋，在北京書展奔忙一個禮拜，期間辦了入藏證，此外未做任何準備即飛成都轉海拔三千六的拉薩。高原反應自是預料中事，但沒想到那樣嚴重，踏上藏地三個小時不到，腦部開始缺氧頭疼欲裂，自此睡不著也沒胃口，只能不斷喝水，每天強迫自己吃一顆小蘋果；到了第三天只剩意識清晰，但靈魂渙散。第五天，想到此生不知道能否再來一次，於是依原計畫前往海拔更高的日喀則。經過幾天沒吃沒睡，感覺自己輕得像隻遊魂，頹靠車窗，半昏迷狀態下用盡全力才能勉強睜開眼睛，所見無非夢中風景：海拔四七九四的康巴山口腳下霧散後翠綠如土耳其玉的聖湖羊卓雍錯，湖畔沼澤上浪卡子的牧民與羊群，海拔五千米的卡惹山口上方懸凝於七二〇六米寧金岡桑峰圈谷的皎潔冰河……傍晚抵達日喀則時已氣若游絲，頭疼依舊劇烈而全身火燙，想冰敷向旅店服務員問冰塊但沒有，幽幽踱回房間，那時一小片金黃色夕照貼在走道牆上，告訴自己或許這是最後一眼了，卻了無憂懼。遙遠如斯，孤獨如斯；多麼純淨，多麼的美。

人生實難。死亡環伺的「場」之連續。

這也難怪我會有感而在書中寫道「當時澄回憶過往，偶爾無心將一些斷裂與離散拼湊在一塊……竟然會興起『這一路好像是踏著腐屍走過來』的念頭」。

一九六八年川端康成在斯德哥爾摩的受獎演說（〈日本的美與我——序說〉）中，提到芥川龍之介的**臨終之眼**。

那是一九二七年的七月，芥川在自殺前不久寫了一封不算短的信給老友久米正雄（〈致一老友之手記〉），裡面不厭其煩地說明做為一個人形獸的自己，如何失去了動物性的求生本能，久已處於「冰也似透明的、神經質的病態世界」，而毫不遲疑地懷抱必死之心。這時的他對自身以及周遭的一切都深感嫌惡，唯獨大自然在他眼中比任何時候都美。「你或許要笑我，既然愛著大自然之美，卻又想著要自殺，豈不矛盾！」然而，他說，之所以覺得大自然如此迷人，正是因為映照在「我這雙臨終之眼」的緣故。

上世紀九〇年代中我離開職場，我的兩部長篇習作——《世紀末少年愛讀本》與《天河撩亂》陸續完成於四十歲多一些的年紀，心理上雖然沒有老、死逼近的實感，但過著一種與過去多年儼然有別的生活，那種出離的狀態，彷彿置身（相對於社會生活之）彼岸的感覺。當時或未必有此自覺，但兩部作品卻不約而同採取了「臨終之眼」的視角。

告別原來想定的人生路線圖，從此與世界素面相見，遁入未知之境，曠野躑躅，夕露沾衣，但求做自己時間的主宰，生活倒也簡單踏實得可以，最主要的，當你宣稱要為自己負責，端的是再無藉口，想做的事、想讀的書、該補的課、待修的缺憾，田園將蕪，不容顧盼，唯有老實行去了。正因為都是想做、該做的事，於是每一樣都容許也必須是「細嚼慢嚥」，常常幾天、幾星期也沒有完成個什麼像樣的勞作。

久久見面一次的職場舊識，特別是忙碌辛苦日甚一日的出版界友人，最愛問我「到底都在忙些什麼」，明明沒有什麼說得出口非忙不可的事，總不能誠實卻很不道德地給個「就每天都睡到自然醒」之類的答覆，但真要細說又不得要領，只好笑著回道「忙著認識自己啊」，然後對方就好像聽到蹩腳冷笑話般僵在那裡，我還來不及加上「真的」強化其可信度，人家早已忙不迭換了話題。

然而事實如此。比方知識的耙梳考索，遇到難處就不能像過去輕易找個藉口逃逸。以前讀《首楞嚴經》，每次遇到有咒王之稱、長達四百多句、近三千字又充滿奇音怪字有如天書的《首楞嚴咒》一定略過不念，現在可不能這樣了，於是尋找國內外資料、彙整各家說法，將全文還原梵音並弄清楚本意，總共用了不下三個月時間。這還是短的。為了和生活周遭逐漸無感的事物重新建立連結，舉凡觀星，進行植物、昆蟲定點觀察，因地緣關係走遍大屯山系、五指山系大小步道拍照記錄，每一樣功課莫不是歷時好幾年。若季節的遞嬗，溫度、氣味、顏色都無法成為自己體感的一部分，如何奢言認識自己？但以這樣的節奏、態度面對日常的事事物物，從世俗眼光看來，不過是忙著被遺忘、努力做一個無用之人罷了。何況，記得誰說過，**自我即虛構**。

這也間接解釋了，為何連續出版《世紀末少年愛讀本》與《天河撩亂》之後，二十年了一直沒有第三本書的消息。簡單說，因為更多的認識自己，也就越發地看清自己過去那底氣不足卻裝腔作勢的面目，然後告訴自己再不能這樣了。做為一個創作者我是幸運的，多年來不管生活上親人、朋友、同事的包容成全，或是寫作上來自讀者、評論者、研究者的回饋，都遠超出它所應得。今後如有所做，只有出之以更真誠、同時也必須更勇敢的態度，此外無以為報。今次舊作重出，深知不免有資源回收之嫌，亦將難逃敝帚自珍之譏，唯祈讀者諸君海涵了。

——二〇一七年九月吳繼文

吳繼文《天河撩亂》
新書分享會

講者：吳繼文

時間：2017/10/19（四）晚上8:00至9:30

地點：誠品書店敦南店 2F藝術區閱讀桌

（台北市大安區敦化南路一段245號）

洽詢電話：(02)2749-4988

*免費入場，座位有限

國家圖書館預行編目資料

天河撩亂／吳繼文著. ——初版. ——臺北市：寶瓶文化, 2017. 09
面； 公分. ——（island；272）
20週年復刻版
ISBN 978-986-406-099-3（平裝）

857.7 106015514

island 272

天河撩亂（20週年復刻版）

作者／吳繼文

發行人／張寶琴
社長兼總編輯／朱亞君
副總編輯／張純玲
資深編輯／丁慧瑋　編輯／林婕伃・周美珊
美術主編／林慧雯
校對／張純玲・陳佩伶・林婕伃
業務經理／李婉婷
企劃專員／林歆婕
財務主任／歐素琪　業務專員／林裕翔
出版者／寶瓶文化事業股份有限公司
地址／台北市110信義區基隆路一段180號8樓
電話／(02) 27494988　傳真／(02) 27495072
郵政劃撥／19446403　寶瓶文化事業股份有限公司
印刷廠／世和印製企業有限公司
總經銷／大和書報圖書股份有限公司　電話／(02) 89902588
地址／新北市五股工業區五工五路2號　傳真／(02) 22997900
E-mail／aquarius@udngroup.com

法律顧問／理律法律事務所陳長文律師、蔣大中律師
如有破損或裝訂錯誤，請寄回本公司更換
著作完成日期／一九九八年九月
初版一刷日期／二〇一七年九月
初版三刷+日期／二〇一七年九月二十六日
ISBN／978-986-406-099-3
定價／三五〇元

愛書人卡

感謝您熱心的為我們填寫，
對您的意見，我們會認真的加以參考，
希望寶瓶文化推出的每一本書，都能得到您的肯定與永遠的支持。

系列：Island 272　**書名：天河撩亂（20週年復刻版）**

1. 姓名：＿＿＿＿＿＿＿＿　性別：□男　□女
2. 生日：＿＿年＿＿月＿＿日
3. 教育程度：□大學以上　□大學　□專科　□高中、高職　□高中職以下
4. 職業：＿＿＿＿＿＿＿
5. 聯絡地址：＿＿＿＿＿＿＿＿＿＿＿＿＿＿＿＿＿＿＿＿

   聯絡電話：＿＿＿＿＿＿＿＿　手機：＿＿＿＿＿＿＿＿
6. E-mail信箱：＿＿＿＿＿＿＿＿＿＿＿＿＿＿＿

   □同意　□不同意　免費獲得寶瓶文化叢書訊息
7. 購買日期：＿＿ 年 ＿＿ 月 ＿＿日
8. 您得知本書的管道：□報紙／雜誌　□電視／電台　□親友介紹　□逛書店　□網路

   □傳單／海報　□廣告　□其他
9. 您在哪裡買到本書：□書店，店名＿＿＿＿＿　□劃撥　□現場活動　□贈書

   □網路購書，網站名稱：＿＿＿＿＿＿　□其他＿＿＿＿＿
10. 對本書的建議：（請填代號　1. 滿意　2. 尚可　3. 再改進，請提供意見）

    內容：＿＿＿＿＿＿＿＿＿＿

    封面：＿＿＿＿＿＿＿＿＿＿

    編排：＿＿＿＿＿＿＿＿＿＿

    其他：＿＿＿＿＿＿＿＿＿＿

    綜合意見：＿＿＿＿＿＿＿＿＿＿＿＿＿＿＿＿＿＿＿＿＿＿
11. 希望我們未來出版哪一類的書籍：＿＿＿＿＿＿＿＿＿＿＿＿＿

讓文字與書寫的聲音大鳴大放

寶瓶文化事業股份有限公司

（請沿此虛線剪下）

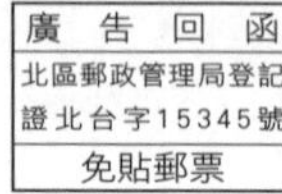

寶瓶文化事業股份有限公司收

110台北市信義區基隆路一段180號8樓

8F,180 KEELUNG RD.,SEC.1,

TAIPEI.(110)TAIWAN R.O.C.

（請沿虛線對折後寄回，或傳真至02-27495072。謝謝）